Uma história de ouro e sangue

MANUEL FILHO
Ilustrações de Daniel Araujo

© Editora do Brasil S.A., 2016
Todos os direitos reservados
Texto © Manuel Filho
Ilustrações © Daniel Araujo

Direção geral: Vicente Tortamano Avanso
Direção adjunta: Maria Lúcia Kerr Cavalcante de Queiroz

Direção editorial: Cibele Mendes Curto Santos
Gerência editorial: Felipe Ramos Poletti
Supervisão de arte, editoração e produção digital: Adelaide Carolina Cerutti
Supervisão de controle de processos editoriais: Marta Dias Portero
Supervisão de direitos autorais: Marilisa Bertolone Mendes
Supervisão de revisão: Dora Helena Feres
Consultoria de iconografia: Tempo Composto Col. de dados Ltda.

Coordenação editorial: Gilsandro Vieira Sales
Assistência editorial: Paulo Fuzinelli
Auxílio editorial: Aline Sá Martins
Coordenação de arte: Maria Aparecida Alves
Produção de arte: Obá Editorial
    Edição e projeto gráfico: Mayara Menezes do Moinho
    Editoração eletrônica: Bruna Marchi
Coordenação de revisão: Otacilio Palareti
Revisão: Sylmara Beletti
Coordenação de iconografia: Léo Burgos
Pesquisa iconográfica: Douglas Cometti
Coordenação de produção CPE: Leila P. Jungstedt
Controle de processos editoriais: Carlos Nunes e Rafael Machado

Dados Internacionais de Catalogação na Publicação (CIP)
(Câmara Brasileira do Livro, SP, Brasil)

Manuel Filho
   Uma história de ouro e sangue/Manuel Filho; ilustrações de Daniel Araujo. – São Paulo: Editora do Brasil, 2016. – (Coleção histórias da história)

   ISBN 978-85-10-06329-6

1. Ficção juvenil I. Araujo, Daniel. II. Título. III. Série.

16-04687   CDD-028.5

Índice para catálogo sistemático:
1. Ficção: Literatura juvenil   028.5

1ª edição / 1ª impressão, 2016
Impresso na Intergraf Indústria Gráfica Eireli

Rua Conselheiro Nébias, 887 – São Paulo/SP – CEP 01203-001
Fone (11) 3226-0211 – Fax (11) 3222-5583
www.editoradobrasil.com.br

Para meus queridos amigos
Conceição Russo e Tiago Araújo.

Capítulo 1

O NOME MAIS ESTRANHO DO MUNDO

Afonsinho conseguiu o primeiro emprego de sua vida e isso o deixou bastante contente. Há muito tempo desejava ganhar o próprio dinheiro.

– Trabalhar? – perguntou curioso o Osmar, seu melhor amigo, ao saber da novidade. – Não vejo graça nisso. Vou acabar de estudar, aí...

– Até parece! – reclamou Afonsinho. – Você só quer dormir o dia inteiro, ficar sem fazer nada.

Embora fosse verdade, Osmar não se incomodava. Seu pai era dono de um pequeno comércio e o garoto considerava, na pior das hipóteses, tomar conta do negócio da família. Iludia-se achando que não teria chefe ou horários a cumprir.

Afonsinho, ao contrário, já havia passado por algumas dificuldades e achava justo ajudar em casa. Seu pai ficara desempregado durante três anos e aquele fora um período bem complicado. Sobreviveram com algumas reservas no banco e também do salário de sua mãe. A rotina da família se modificou. Ele e sua irmã menor trocaram de escola, não ocorriam mais as viagens mensais à praia, e a mesada, praticamente cortada.

Ao fazer eventuais bicos, Afonsinho recebeu os primeiros pagamentos pelo seu trabalho. O dinheiro vinha da lavagem de automóveis, passeios com cachorros ou da prestação de serviços para idosos, como buscar algum remédio na farmácia. Assim, ele podia sair de vez em quando e, economizando bastante, comprar alguma roupa nova barata, bem barata.

Quando escutou uma conversa entre sua mãe e uma vizinha, a de que um escritório no centro da cidade de São Paulo procurava por um jovem para serviços de *office-boy*, ele logo se ofereceu.

A mãe tentou impedir, pretendia que o filho concluísse os estudos. O pai, porém, julgou aquela uma boa oportunidade, pois ele mesmo começara a vida profissional muito cedo.

E a vizinha, a Ruth de Souza, levou Afonsinho, pois ela já trabalhava no mesmo edifício onde ele iria exercer as novas atividades.

– Como é mesmo o nome do prédio? – perguntou ele ao descer do ônibus em plena Praça da Sé.

Ruth lhe respondeu apressadamente, pois já estavam quase atrasados e ela não tencionava que o menino causasse má impressão logo no primeiro dia.

– Esquisito – comentou. – Isso lá é nome de prédio? Nunca vi um tão grande.

– Ninguém nunca me contou a razão – respondeu ela.

– Quando eu descobrir, te conto – falou o garoto.

Na primeira vez em que visitou o local foi apenas para se apresentar e conhecer o homem que viria a ser seu chefe: um senhor sisudo, cerca de cinquenta anos, vestido num terno cinza e gravata de cor indefinida. Perguntou se Afonsinho conhecia o Centro, se iria continuar estudando e se tinha paciência com pessoas.

As respostas foram positivas para todas as questões e ele acabou conseguindo o emprego. Tudo era quase verdade. De fato, iria prosseguir à noite nos estudos, mantinha contato com idosos e, assim, tinha calma para escutar e cumprir ordens. Porém, conhecer o Centro era, de fato, uma mentira. Sempre lhe avisaram das dificuldades da região, cheia de assaltantes, drogados e tudo o mais de ruim. Ruth, porém, tratou de desmistificar aquilo. Ensinou que, tomando cuidado, não haveria perigo algum. Em uma semana, conheceria todas as ruas de cor e salteado, garantiu ela.

O prédio ficava bastante próximo à Praça da Sé. Uma rápida caminhada a partir do ponto de ônibus e logo se atingia a entrada. Depois, bastava atravessar a curiosa porta ondulada e apresentar a identificação na recepção.

– Bom dia, seu Clécio – disse Ruth ao porteiro. – Este aqui é o Afonsinho e ele vai trabalhar no escritório do Dr. Valadão. Da próxima vez, já vai estar com o crachá.

– Xi! Cuidado, garoto, o Dr. Valadão é meio bravo!

– Pare de assustar o menino, seu Clécio! – disse Ruth. – É só você fazer o que seu chefe mandar para não ter problema.

O homem riu e Afonsinho logo se viu diante de um velho elevador. Um ascensorista sorridente os convidou a entrar. Ruth pediu o primeiro andar.

– Nem precisava de elevador – disse ela. – Mas eu quis aproveitar a carona do seu Antônio.

– Sempre que quiser – respondeu ele. – A senhora não desce no quinto?

– Depois eu subo. Vou levar o Afonsinho para o trabalho. Hoje é o primeiro dia e quero que tudo saia direitinho. Sua mãe mandou eu ficar de olho em você!

– Não precisa – respondeu o garoto, incomodado.

O elevador parou e ambos desceram. De repente, Afonsinho se lembrou de Osmar, que, àquela hora, ainda deveria estar dormindo. Sentiu um pouco de medo, como se estivesse prestes a fazer uma prova complicada. Ruth entrou no escritório, cumprimentou a secretária, sua amiga, e antes que pudesse perceber, o garoto estava diante do seu chefe, o Dr. Valadão.

Quis dizer alguma coisa, não conseguiu, mas, com certeza, começava algo importante em sua vida. Até imaginou que sempre teria uma boa história para contar: sua carreira profissional havia sido iniciada no prédio de nome mais esquisito do mundo: "OURO PARA O BEM DE SÃO PAULO".

Capítulo 2

CORRENDO PELO CENTRO

Afonsinho, aos poucos, se acostumou com o serviço. Além dele, havia outros dois funcionários. Beatriz, a secretária, e Jaime, um estagiário e estudante de Direito ocupado em seguir cada passo do Dr. Valadão. Tratava-se de um escritório pequeno, mas sempre cheio de trabalho. Surgiam clientes atrás de todo tipo de informação: andamento de processos, custos de honorários, reuniões. Quando Beatriz girava os olhos para cima, Afonsinho compreendia que seria algum cliente chato e a ligação, provavelmente, iria demorar.

As atividades do garoto eram relativamente simples, mas de bastante responsabilidade. Ele precisava colocar papéis em ordem e arquivar algumas pastas. Jaime tinha sido muito preciso sobre o assunto: ele não poderia cometer qualquer erro, pois certos processos já duravam anos e, se uma pasta sumisse, várias pessoas poderiam ser prejudicadas.

Fora essa rotina, existia um serviço que, logo, Afonsinho achou seu favorito: ir à rua. Pelo menos uma vez por dia ele precisava entregar algum documento, buscar outro ou cuidar de algum assunto corriqueiro como reconhecer firmas no cartório. Nesses momentos, ele aproveitava para conhecer melhor o centro da cidade.

– Presta atenção! – dizia sua mãe todos os dias. – Não vá perder nada e toma cuidado com a carteira.

Ele não sentia qualquer receio em andar pelo local, ao contrário, achava uma grande diversão. Aos poucos foi se acostumando aos diversos personagens: o pedinte, os engraxates, os varredores e o hipnotizador de cobras, certamente um dos mais interessantes. Afonsinho nunca tinha tempo de observar aquela história até o final. O tal hipnotizador exibia um pote virado de ponta-cabeça dizendo que, embaixo dele, estava presa uma cobra muito venenosa. Juntava gente ao redor esperando para ver o tal do bicho peçonhento.

Afonsinho também já havia se habituado a ver pessoas bem vestidas, pois a região era cercada de bancos e escritórios. Os restaurantes bonitos o enchiam de curiosidade e desejo. Porém, tinha mesmo de se conformar com a marmita trazida de casa. Beatriz fazia a mesma coisa, pois, se almoçasse fora, não teria condições de pagar a faculdade. O garoto imaginava o dia no qual entraria num daqueles restaurantes elegantes e pegaria um pouquinho de cada coisa até transbordar o prato.

Rapidamente ficou amigo dos demais profissionais da região: porteiros, ascensoristas, seguranças, funcionários dos pequenos bares e casas lotéricas. Foi descobrindo que todos trabalhavam há anos no mesmo emprego. Situação semelhante aos prédios da região: alguns novos, modernos, e outros, de tão antigos, aparentavam estar construídos desde sempre. Algumas colunas desses velhos edifícios, cheios de adornos, enfeites e curvas, eram formadas por estátuas de homens fortes e curvados como se estivessem segurando toda a construção em suas costas. Afonsinho gostava de observar as diferentes fachadas. As mais modernas, ele considerava sem graça, pois na maioria das vezes viam-se apenas paredes retas de concreto forradas com pequenas janelas de vidro.

Cada vez que atravessava a porta do edifício em que trabalhava, o "OURO PARA O BEM DE SÃO PAULO", ficava curioso sobre a razão daquele nome tão longo, porém, estava permanentemente apressado, pois o Dr. Valadão detestava atrasos. Não havia como pesquisar o assunto. O chefe parecia saber exatamente quanto tempo se levava até qualquer lugar e também a duração de cada tarefa. O garoto aprendeu que não era boa ideia provocá-lo. Jaime sempre levava alguma bronca ao se alongar no telefone ou na demora para encontrar algo solicitado. Por isso, o estagiário exigia precisão na organização dos arquivos e pastas.

– Afonsinho, vai agora despachar esse envelope – disse Beatriz. – Traga logo o comprovante, pois preciso do número para o Dr. Valadão. Ele está esperando.

Ao escutar "ele está esperando", disparou para cumprir a ordem. Parecia um furacão. Percebeu que o elevador ia demorar e correu escada abaixo. Se o chefe o visse parado no corredor, levaria bronca.

Como já conhecia a maioria das agências dos Correios, escolheu a mais vazia. E deu sorte: somente uma pessoa à sua frente. Aguardou ansioso e, chegada sua vez, entregou o envelope, observou a pessoa digitar algo no computador, carimbar, destacar selos, tudo lhe parecendo uma imensidão de tempo. Ao pegar o recibo e o troco, sentiu alívio. Voltou ao escritório através de todos os atalhos conhecidos, desviando das pessoas, camelôs e artistas que expunham suas obras no meio da calçada. Já sentia até sede e ficou aliviado quando avistou o prédio.

Porém, de repente, alguém surgiu em sua frente, como se estivesse saindo de um dos prédios, e ele se chocou contra essa pessoa. Afonsinho levou um grande susto. Era uma idosa, que fez cara de dor e perdeu o equilíbrio. O garoto tentou apoiá-la, mas sentiu dor no tornozelo e ambos foram ao chão.

O que se viu em seguida deixou os transeuntes preocupados. A mulher caiu, mas teve o impacto da queda absorvido pelo corpo de Afonsinho, que não teve tanta sorte. Sua testa bateu direto no chão e ele desmaiou. Um grito ecoou quando notaram uma fina linha de sangue escorrendo da cabeça do garoto.

Capítulo 3

UMA MARCA

Foi difícil para Afonsinho abrir os olhos. Entretanto, quando conseguiu, não reconheceu o lugar em que estava.

– Onde esto... – tentou perguntar, porém, foi logo interrompido.

– Ele acordou! – anunciou uma voz.

Depois do desmaio, Afonsinho foi levado para um hospital e estancaram o sangramento do pequeno corte em sua cabeça. Todos ficaram preocupados ao ver o menino desmaiado no chão, principalmente a senhora que havia caído sobre ele. Ela o seguiu o tempo todo. A mãe do garoto chegou em pânico.

– Ele está bem – avisou a senhora ao ver a mulher meio perdida. – Foi mais o susto.

– Acordou rápido – falou uma garota, acompanhante da senhora desde a fatídica queda.

A mãe de Afonsinho desejava apenas ver o filho. Ruth também estava lá para apoiar a vizinha e amiga.

– Quero ir embora – pediu ele ao ver a mãe.

Ao perceber o movimento, a enfermeira chamou o médico, que tratou de tranquilizar a todos.

– Alguém caiu em cima de mim e... – comentou Afonsinho.

– Fui eu – disse a senhora se aproximando. – Desculpe, me senti um pouco mal, deve ter sido o calor. Só ia me encostar na parede, foi uma vertigem... Não esperava cair em cima de você.

– Agora me lembro – falou Afonsinho. – Tentei ajudar, mas torci meu tornozelo e...

– Ele vai ficar ótimo – afirmou o médico. – Precisa de repouso e de observação nos próximos dias.

– Eu preciso trabalhar – respondeu Afonsinho.

– O seu chefe já te dispensou – avisou a senhora firmemente. – Ele veio até aqui e foi embora.

– O Dr. Valadão veio até aqui? – perguntou Afonsinho descrente.

– Sim – respondeu a Ruth, meio culpada, pois garantira várias vezes que não existia perigo no Centro. – E falou para você se cuidar e só voltar ao trabalho quando estiver melhor.

O garoto ficou aquele resto de dia no hospital e, somente na manhã seguinte, uma sexta-feira, retornou para casa, insatisfeito. Andar pela rua e encontrar algo diferente, interessante, era muito mais divertido. Preferia conversar com Beatriz e Jaime.

A senhora entrou novamente em contato. Chamava-se Dalva e não se cansava de pedir desculpas pelo ocorrido. Ligou todos os dias do final de semana e só ficava tranquila quando escutava a voz de Afonsinho.

A acompanhante de Dalva, que se chamava Aline, também desejava saber dele.

Tudo estava certo e Afonsinho e Osmar se divertiram. Não jogaram bola, para evitar qualquer nova cabeçada. Osmar continuava sem vontade de fazer coisa alguma, entretanto, ficava curioso em saber sobre o dia a dia do amigo.

Afonsinho não sentia dores de cabeça, tonturas ou vontade de vomitar, coisas que poderiam ocorrer, conforme informou o médico. Contudo, algo o incomodava. Demorou a descobrir a razão. A queda havia deixado algumas dores pelo corpo, principalmente nos locais batidos contra o chão, e arranhões diversos. Nos dias seguintes, já cicatrizavam, porém, uma estranha marca embaixo do braço não dava sinais de cura. Resolveu escondê-la, pois temia que a mãe ficasse ainda mais preocupada.

No início, pensou que, assim como as outras feridas, ela fosse parando de arder. Afonsinho a apertou para ver se acontecia alguma coisa, mas nada. Com o tempo, ela sumiria, talvez deixasse somente um leve vestígio.

Pelo menos, era isso o que esperava...

Capítulo 4

UMA SENSAÇÃO DIFERENTE

Quando retornou ao trabalho, Afonsinho imaginou que o Dr. Valadão estaria bravo com ele. Talvez o chefe pensasse que ele tivesse sido descuidado ou algo semelhante.

– Tome mais cuidado na rua!

Escutou apenas isso, nada mais. Acabou ficando satisfeito, pois até achou que perderia o emprego.

Beatriz mostrou preocupação e Ruth foi verificar se tudo estava tranquilo. Afonsinho começava a ficar incomodado com aquela situação. Não pretendia ser tratado como criança. Ele se sentia bem e queria que a vida retornasse ao normal o mais rápido possível.

– Leva isso aqui pra mim no Correio – pediu a secretária. – Mas cuidado, não vá desmaiar na calçada.

Ela sorriu e entregou-lhe um envelope. Afonsinho caminhou olhando as novidades das lojas e dos camelôs. Existiam objetos de todo tipo: chocolates, bonecos, colares e vários aparelhos eletrônicos. Afonsinho costumava sair do prédio e seguir pela Rua Direita, que terminava na Praça do Patriarca, local de uma famosa estátua de José Bonifácio, patriarca da Independência do Brasil. Em seguida, bastava atravessar a Rua Líbero Badaró para alcançar o Viaduto do Chá e observar o Vale do Anhangabaú. Dali, apreciava o Teatro Municipal e, no coração do Vale, o ornamentado edifício dos Correios.

Naquela manhã, repetia o seu trajeto quando, ao se aproximar da Praça do Patriarca, percebeu um ardor em sua pele.

– A cicatriz! – pensou.

Até já havia se esquecido dela, afinal, a marca não estava mais tão vermelha. As outras tinham quase desaparecido, mas aquela em especial havia apenas clareado. Ignorou-a, pois acostumara-se aos pequenos machucados e contusões de brincadeiras e jogos.

Ao chegar à Praça do Patriarca, sentiu-se realmente mal. Uma leve tontura fez com que procurasse apoio em algum lugar. Ninguém se importou; usualmente as pessoas ficavam paradas aguardando alguém ou esperando o tempo passar.

Para o garoto, aquilo tinha sido muito estranho. Ao encostar na parede de um prédio percebeu que não estava exatamente tonto. Era como se algo estivesse acontecendo em sua visão. As imagens ao seu redor ficaram turvas. Nunca sentira nada parecido, porém lembrou-se do envelope e retomou o caminho. Resolveu descer a Rua Líbero Badaró, assim, ficaria mais fácil de chegar aos Correios. De repente, aquela sensação sumiu. Acelerou o passo para despachar a correspondência.

Na sequência, retornou para o escritório pelo mesmo caminho e, tão logo atingiu a Praça do Patriarca, o incômodo retornou. A cicatriz voltou a arder e mudou de coloração: estava vermelha, intensa.

"De novo?", pensou ele.

Como sentia um pouco de fome, achou melhor retornar para o prédio e comer logo sua marmita; a hora do almoço já estava bem próxima.

E, novamente, assim que saiu da praça e entrou na Rua Direita, tudo voltou ao normal. A cicatriz parou de arder. Afonsinho decidiu não falar nada daquilo para ninguém, poderiam achar que ele estava doente e obrigá-lo a ficar em casa.

Chegou ao edifício, tomou o elevador e, quando a porta se abriu, notou um movimento diferente na sala. Ouviu vozes familiares e temeu que sua mãe tivesse ido até lá interferir em alguma coisa.

– Quem está aí? – perguntou ele para Beatriz.

– Você não sabe? – respondeu a secretária.

– Eu conheço a voz...

– É aquela senhora. A que caiu em cima de você.

O garoto estranhou.

– Aqui?

Então, o Dr. Valadão saiu do escritório e o chamou.

– Ah, você chegou. Venha aqui para minha sala. Preciso falar com você.

Afonsinho caminhou receoso e, quando entrou, não só estava a senhora sentada na grande cadeira diante da mesa do chefe, como a bela garota que a acompanhava naquele dia.

– Bom dia – disse ele, bastante constrangido.

— Pronto, aqui está o Afonsinho – falou Dr. Valadão. Em seguida, apontou para a senhora e falou:
— A Dona Dalva achou uma incrível coincidência você trabalhar aqui e quis te ver.
— Vim mesmo. Queria saber se estava tudo em ordem.
— Está sim, obrigado – respondeu ele.
Então, o Dr. Valadão olhou para a senhora e perguntou:
— Acabou? Era isso? Conhecer o menino? Posso voltar agora ao trabalho, mãe?

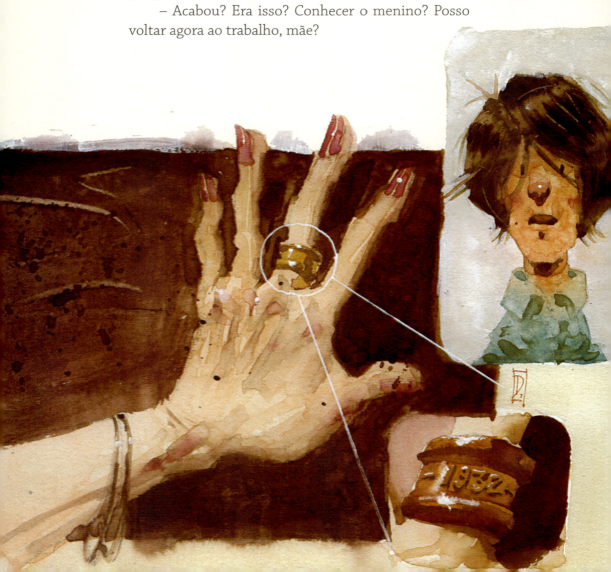

Capítulo 5

UM ANEL E UM SEGREDO?

Afonsinho estava saindo para almoçar com a mãe do seu patrão. Nem em um milhão de anos poderia imaginar algo parecido. Aline também os acompanhava e, para espanto do garoto, ela era a filha caçula do Dr. Valadão.

— A gente só se viu em horas ruins — riu Dona Dalva. — Queda na calçada, hospital... Está na hora de termos alguns momentos agradáveis.

— Só não posso demorar, preciso...

— Fique tranquilo — prosseguiu ela. — Hoje a tarde é nossa. Meu filho te deu o resto do dia de folga. Caso você não tivesse me amparado quando eu caí, tinha quebrado uma costela ou uma perna, sei lá! Sabe, tenho os ossos fracos.

— Faz tempo que você trabalha para o meu pai? — perguntou Aline.

— Não. Este é o meu primeiro emprego — respondeu Afonsinho, desconcertado e tentando disfarçar o encantamento pela garota.

– Meu filho parece ser bravo – disse Dona Dalva. – Mas, você vai ver, ele é boa pessoa. Pronto, chegamos.

Afonsinho levou um susto quando pararam diante de um dos mais requintados restaurantes do Centro. Por várias vezes, tinha imaginado como seria o interior dele. Pela fachada envidraçada percebia-se que tudo lá dentro era bastante elegante: mesas forradas com toalhas brancas e luz difusa, efeito das lâmpadas de tamanhos variados. Ao fundo, o bufê, invisível da calçada.

– Olha... – começou Afonsinho.

– Algum problema? – perguntou Aline.

Muito constrangido, o garoto ficou procurando as palavras certas para expressar o que pretendia.

– Não tenho dinheiro para almoçar aí.

De início, Dona Dalva o encarou preocupada achando que o jovem estivesse com algum problema, porém, quando descobriu o assunto, deu um grande sorriso e falou:

– Hoje é por minha conta.

Acabaram entrando no restaurante e Afonsinho mal podia acreditar. Havia muita coisa desconhecida. Escolheu um prato e pegou um pouco de cada coisa de aparência apetitosa. Aos poucos, percebeu que, mesmo pegando porções mínimas, o prato já estava cheio. Seus olhos cresceram diante das sobremesas.

Foi à mesa e divertiu-se conversando com suas novas amigas. Ambas eram simples e estavam interessadas no dia a dia do garoto; logo ficou à vontade. De repente, porém, algo lhe chamou a atenção. Enquanto Dona Dalva cortava um pedaço de torta, Afonsinho notou um anel no dedo anelar esquerdo dela. Parecia ser bem simples, de latão. Ele achou curioso aquela senhora elegante usar algo tão modesto no local em que poderia estar uma grossa aliança de ouro.

– Derrubei alguma coisa? – perguntou ela ao perceber o olhar do menino.

– Desculpa – respondeu ele rapidamente, lembrando-se de que sua mãe sempre lhe dizia para não encarar as pessoas. – Tem uma frase escrita no seu anel?

– Sim – confirmou Aline.

Dona Dalva olhou o próprio dedo e disse:

– Foi por causa dele que a gente se encontrou, aliás.

– Esse anel tem uma história muito legal – falou Aline.

– Agora fiquei curioso!

– Quer vê-lo? – perguntou Dona Dalva.

Afonsinho sentiu um arrepio, mas aquilo já tinha se tornado comum desde a cabeçada na calçada.

– Quero!

A senhora retirou o anel do dedo, delicadamente, e falou:

– É o mais importante da minha vida; minha aliança.

Ela o entregou a Afonsinho e, tão logo o garoto tocou nele, sua cicatriz ardeu fortemente. Permaneceu discreto, não pretendia provocar qualquer preocupação. A ferida incomodava como se tivesse sido causada naquele exato momento. Procurou ignorar a dor e posicionou o anel sob a luz para tentar ler a frase. Pensou que fosse um engano, entretanto, em letras rústicas e em relevo, via-se perfeitamente: OURO PARA O BEM DE SÃO PAULO.

Capítulo 6

1932

Ao observar a frase, Afonsinho não pôde deixar de exclamar:
— O mesmo nome do prédio!
— Sabe, eu quase nunca o tiro do meu dedo — riu ela recolocando o anel. — Você tem razão. São idênticos.
— É uma história muito bonita... e triste também — disse Aline.
— Desde que vi o nome, fiquei curioso para saber sobre ele. É longo, diferente... — falou Afonsinho.
— Então, agora, você vai conhecer a razão — riu a senhora. — E tem tudo a ver com este meu anel. Pena, sobraram tão poucos... Está vendo este número aqui?
— Estou — respondeu Afonsinho que já havia notado, mas se esqueceu de comentá-lo — 1932!
— E não é um número qualquer... — disse Dona Dalva. — Representa o ano em que aqueles tristes fatos aconteceram.

Mil novecentos e trinta e dois parecia ser bem distante, nem sequer os pais dele haviam nascido.

– A vovó era três anos mais velha do que eu naquela época, certo? – perguntou Aline.

– Sim, querida, eu tinha somente dezoito anos e me lembro como se fosse hoje. Seu avô, vinte, tão jovem... Parece que ainda consigo ver as velhas ruas, as pessoas, os lugares por onde a gente andava antigamente. O velho triângulo...

– Triângulo? – perguntou Afonsinho.

– Conheciam esta região como triângulo. Deram esse nome porque as ruas Direita, XV de Novembro e São Bento formavam um triângulo onde se encontrava sempre o melhor: lojas de roupas, bancos e as confeitarias, todas refinadas. Uma delícia tomar chá no Mappin Stores, uma das lojas mais chiques daquela época! Vir ao Centro era um grande evento.

Ouvindo a Dona Dalva falar, Afonsinho se lembrou das ruas citadas e constatou que elas formavam, de verdade, um triângulo, pois, quando terminava uma, iniciava a outra.

– Nunca tinha reparado nisso – disse ele.

– É porque mudaram as coisas. Até o bonde passava por aqui...

– Bonde?

– Sim – falou Aline. – Lá em casa tem um montão de fotos.

– Eu já andei em um – sorriu o garoto.

– Ué, não tem mais bonde na cidade! – estranhou a garota.

– Tem sim. Um no Museu da Imigração e outro em Santos; e foi lá que eu conheci: num passeio com minha família. Restauraram um que faz uma rota turística pela cidade.

– Quero ir, vó! – pediu Aline.

– Deve ser interessante – respondeu a senhora. – O motorista, na época, se chamava motorneiro, sempre andava bem vestido, assim como o cobrador. Os bondes deslizavam por trilhos ligando toda a cidade. Era uma paz, uma tranquilidade, até o princípio da Revolução.

– Revolução? – espantou-se Afonsinho. A cada frase de Dona Dalva ele notava que as coisas se desdobravam, ocultando histórias.

– Exatamente, meu querido – prosseguiu a senhora. – Em 1932, nesse ano gravado no anel, aconteceu uma revolução em São Paulo. Mobilizou todo o estado e, quem diria, por causa dela estamos aqui hoje, conversando.

Afonsinho não conseguia entender qual era a relação entre uma revolução e o fato de estar almoçando num restaurante agradável.

– Uma grande coincidência! – disse Aline. – Sabe, todo ano, naquele mesmo dia da queda, a gente vem ao Centro para a vovó visitar o prédio onde está o escritório do meu pai.

– Venho prestar minha homenagem – completou ela.

– Por quê? – perguntou Afonsinho.

– O dia em que conheci meu marido. Foi na Rua Direita. Veja só, ele saltou do bonde e acabou caindo em cima de mim – riu a senhora.

— Ainda bem que o vovô não desmaiou– ironizou a garota.

— É verdade, se isso tivesse acontecido, acho que a gente não teria mais se falado. Papai não ia me deixar visitar um estranho no hospital – falou Dona Dalva. – Ele era estudante de Direito, um rapaz humilde, pobre, mas muito esforçado. A faculdade fica pertinho daqui, funcionando do mesmo jeito. Basta caminhar pela Rua São Bento até o fim, fica ali no Largo São Francisco.

Afonsinho tinha passado diante da faculdade algumas vezes e já escutara o Dr. Valadão dizer que se formara nela, sempre orgulhoso, apontando-a como a melhor do Brasil.

— Então foi por isso que o Dr. Valadão virou advogado? – comentou Afonsinho. – Ele quis seguir a profissão do pai!

— Mais ou menos. Meu marido não conseguiu completar o curso... Ele morreu na Revolução – lamentou Dona Dalva. – Sabe, até hoje é complicado falar sobre isso.

— Quer beber água, vovó? – perguntou a garota.

— Não, não precisa – disse ela. – Vou te contar logo a história deste anel, da minha aliança. Explicar como ela derreteu e acabou se transformando naquele prédio em que você trabalha.

Afonsinho deu uma colherada no seu pedaço de pudim e se preparou para escutar aquela incrível história sobre a construção de um edifício. Uma prova de amor e coragem.

Capítulo 7

UM PRÉDIO ÚNICO

Dona Dalva relatou sua história, emocionada. Em 1932, ela tinha apenas um ano de casada e jamais poderia imaginar que, ao longo dele, toda a sua vida seria alterada. Quando conheceu seu marido, Guilherme de Medeiros Rocha, constatou a existência do amor à primeira vista. O rapaz sempre a aguardava no mesmo local do primeiro encontro, segurando uma rosa branca. Uma vez por semana, ela ia com as tias tomar chá no Mappin Stores, e ele ficava por perto, observando-a. Dona Dalva adorava vê-lo naqueles dias e, aos poucos, foram se aproximando sob a vigilância certeira das velhas tias. Ao descobrirem que o jovem estudava Direito, depositaram nele alguma confiança e, muito pela insistência de Dona Dalva, já apaixonada por Guilherme, permitiram o início do namoro. O casamento logo foi celebrado.

Os tempos eram bastante difíceis, pois o Brasil vivia um período de grave instabilidade política.

O país não possuía uma Constituição, deixando as pessoas sem direitos e sujeitas a qualquer ordem oriunda do governo da época, comandado por Getúlio Vargas.

– Lembro bem do meu marido reclamando dessa situação – disse Dona Dalva. – A população exigia a Constituição, mas o Getúlio ignorava o desejo do povo.

– Por quê? – perguntou Afonsinho.

– Antes do Getúlio também havia insatisfação no Brasil – prosseguiu a senhora. – Momentos da política do "Café com leite", em que se alternavam presidentes paulistas e mineiros. Em 1930, o grupo de Getúlio Vargas tomou o poder na capital federal, que ficava no Rio de Janeiro, e isso enfraqueceu São Paulo. Embora nosso estado já fosse uma grande potência econômica, ficou pouco influente na vida política. Getúlio prometeu criar uma assembleia, preparar uma nova Constituição, porém, ninguém acreditou.

– Conta a história do anel, vó – pediu Aline. – Aposto que o Afonsinho está curioso.

Ela estava certa, o garoto não compreendia a relação do anel com aquilo de revolução, Constituição, Getúlio Vargas. Para Afonsinho, pareciam somente informações da escola, dos velhos livros...

– Imagino – falou a senhora. – Preciso contar um pouquinho dessas coisas, situar o tempo. Sabe, Afonsinho, eu vivi aquela época. Quando fecho os olhos, consigo relembrar da multidão protestando nas ruas, dos cartazes, dos soldados marchando. Foi tudo muito marcante. Nunca tinha visto nada semelhante e a Revolução de 32, que a gente chamava de Constitucionalista, estourou. O povo foi lutar por uma Constituição, algo justo e importante para todo o país.

– Então todo o Brasil apoiou a Revolução? – perguntou Afonsinho.

– Infelizmente, não – falou Dona Dalva, expondo sua visão dos eventos daquela época. – Getúlio Vargas, quando soube dos acontecimentos em São Paulo, enviou seus emissários por todo o país e convenceu os outros estados a manter o apoio ao governo federal. Rio Grande do Sul e Minas Gerais, que, de início, iriam marchar conosco, acabaram mudando de posição. Apenas o Mato Grosso ficou do nosso lado, mas não conseguiu oferecer nenhum soldado para a Revolução.

– Nossa! Deve ter sido bem complicado mesmo – falou Afonsinho.

– É verdade, e agora entra a história do anel – riu a senhora. – Finalmente.

– Acho a parte mais bonita – comentou Aline.

– Os paulistas ajudaram de todos os jeitos. Milhares de voluntários se candidataram para a frente de batalha. As indústrias prepararam armamentos, roupas. Claro, faltava dinheiro. Daí, tiveram uma ideia que iria resolver completamente esse problema. Fizeram uma campanha pedindo às pessoas a doação de ouro e joias para custear as despesas da Revolução. Havia um posto de arrecadação aqui bem pertinho, na Praça do Patriarca. Lembro como se fosse hoje.

Afonsinho sentiu um arrepio quando ouviu o nome da praça; entretanto, continuou atento às explicações de Dona Dalva.

– A senhora tinha ouro? – indagou Afonsinho.
Ela riu e disse:

– Quase nada. Meu único bem valioso era a minha aliança. Não pensei duas vezes e a doei. Fiquei triste, mas sabia que ela poderia ajudar a salvar muitas vidas, quem sabe, até a do meu marido, que partira para a luta.

– O capacete dele está lá em casa até hoje – interrompeu Aline.

– Sim, eu guardei – comentou a senhora. – Todo doador de ouro ganhava um anel como o meu. Uma forma de se lembrar da importância do que fazíamos e também um jeito de preservar a aliança conosco. Tenho orgulho deste anel tão simples.

– Ah, agora entendi – disse ele olhando melhor o anel no dedo da senhora. – Tem uma palavra apagada nele?

– É verdade – concordou Dona Dalva. – O tempo gastou o metal um pouquinho. A frase completa é: DEI OURO PARA O BEM DE SÃO PAULO. Quando resolveram construir o edifício, decidiram dar-lhe o nome dessa antiga campanha que ajudou tanta gente.

– O prédio! – exclamou o garoto. – Agora eu entendi por que ele tem esse nome tão grande.

– Quando a Revolução terminou havia sobrado tanto ouro que era necessário providenciar um destino para ele, evitar que caísse nas mãos de pessoas erradas – prosseguiu a senhora. – Doaram tudo à Santa Casa de Misericórdia, que usou o dinheiro para construir o nosso querido prédio OURO PARA O BEM DE SÃO PAULO.

– Tá vendo? – disse Aline. – Aquele ouro, arrecadado para financiar uma guerra, acabou se transformando num edifício tão bacana e importante de São Paulo.

Afonsinho achou a história interessante. Ele já presenciara uma discussão entre seus pais porque um ou outro se esquecera de usar a aliança. O garoto pensou que, caso sua mãe tivesse que doá-la, isso seria muito sofrido. Imaginou o quanto deve ter sido difícil para Dona Dalva realizar aquele ato.

– Você já examinou o edifício direitinho? – perguntou a senhora.

– Sim – respondeu Afonsinho.

– E viu algo diferente?

– Ah, ele é antigo, tem alguns ladrilhos vermelhos, os elevadores são bem velhos...

– Tem algo ainda mais especial – insistiu a senhora – Se você olhar novamente, descobrirá que ele tem o formato da bandeira do estado de São Paulo. É igualzinho, como se estivesse tremulando ao vento...

Afonsinho achou difícil acreditar naquilo, porém, tão logo Dona Dalva lhe exibiu uma fotografia que ela trazia dentro da carteira, ele se surpreendeu. O edifício fora construído em formato de curva, realmente conferindo a sensação de movimento. Em cada pavimento havia uma espécie de patamar destacado, vistos em conjunto, os patamares formavam as listras da bandeira. No alto, à esquerda, existia um grande círculo idêntico ao brasão.

– Nossa! É mesmo – espantou-se o garoto. – Nunca reparei nisso. Parece mesmo a nossa bandeira.

– E é – riu Dona Dalva. – O projetista planejou isso direitinho e eu o considero um dos prédios mais bonitos de nossa cidade. Ele foi construído mais com amor do que pela guerra.

– Por isso a vovó gosta de vir ao Centro de vez em quando – informou Aline.

– Acho bom ir lá, passar a mão naquelas paredes cheias de lembranças – disse a senhora. – Sinto como se estivesse tocando na minha aliança e em tudo o que ela representa.

Concomitantemente ao relato de Dona Dalva, também havia acabado a sobremesa de Afonsinho. O almoço terminara. Eles nem sequer perceberam o tempo passar. Os funcionários do restaurante já recolhiam e guardavam os utensílios e as sobras de alimento.

– Precisamos ir embora – falou a senhora. – Podemos repetir o almoço qualquer dia desses.

– Tomara que sim – disse o garoto.

– Também espero – respondeu Aline. – Gosto de vir pra cá, mas meu pai nunca quer me trazer... Só a vovó.

– Voltaremos sim. Pode ir embora, Afonsinho, você ganhou o dia de hoje de folga. Descanse um pouco mais. É perigoso esse negócio de bater a cabeça.

– Estou bem, Dona Dalva. Muito obrigado por tudo!

Acabaram se despedindo, pois cada um tomou um rumo diferente. Afonsinho saiu pensando em tudo o que havia escutado e resolveu parar diante do edifício. A forma de olhar para ele mudou completamente. Deixou de ser apenas um prédio perdido no centro da cidade, tornou-se um símbolo. Ele estava um pouco corroído pelo tempo, porém, a forma ondulada, o círculo...

Praticamente uma bandeira tremulando permanentemente no coração da cidade.

Percebeu que algo estranho acontecia com ele. Não podia ser mera coincidência a cicatriz arder sempre que se aproximava de algo referente à Revolução de 32. Agora, ciente dos eventos, considerou seriamente a existência de alguma relação.

Decidiu seguir o conselho de Dona Dalva; voltaria para casa. No dia seguinte, porém, iria até a Praça do Patriarca verificar se ocorreria algo novamente. Assim, decidido a tirar a limpo aquela história, tomou seu caminho, mas, de repente, se lembrou de uma coisa que deveria ter perguntado.

E São Paulo, afinal? Nossos soldados venceram a guerra?

Capítulo 8

TOMANDO CORAGEM E...

Afonsinho não dormiu direito naquela noite. Ficou pensando no relato de Dona Dalva: revolução em São Paulo, a morte do marido, doação de ouro. Sempre achou que esse assunto de guerra só fazia parte do dia a dia de outros países, bem distantes. Nunca imaginou encontrar alguém próximo que tivesse vivenciado uma delas.

Também estava impressionado com sua cicatriz. De fato, quanto mais se afastava do Centro, menos ela ardia. Um dos lugares em que mais sentiu o incômodo foi na Praça do Patriarca. Sabia pouco sobre ela, porém, pensando melhor, reparou que era um elo entre várias regiões importantes. Permitia o acesso às duas ruas do velho triângulo: São Bento e Direita. Conectava-se à Líbero Badaró e ao Viaduto do Chá. No local se encontrava uma das mais antigas igrejas da cidade e um prédio envidraçado bastante alto. Em frente a ele, uma enorme cobertura protetora da escadaria que levava ao Vale do Anhangabaú.

A cicatriz também doía quando se aproximava da Praça da Sé, mas muito menos do que em outros lugares.

O anel de Dona Dalva também revelou outros aspectos. Ao ver a inscrição gravada em relevo, aquela imagem ficou registrada em sua mente. Não demorou para relacioná-la à cicatriz embaixo do braço. Achou maluquice, improvável, entretanto, ela apresentava claramente o formato de uma palavra: OURO. Enquanto ela permanecia vermelha em razão do ferimento, não se podia notar aquilo, porém, passados os dias, havia se criado uma leve película esbranquiçada revelando a palavra.

Por que acabou gravada em sua pele como se fosse uma tatuagem? Pensou e repensou e chegou a uma conclusão. Deitou-se no chão e reconstituiu a queda da senhora sobre ele na calçada. Lembrava-se de haver tentado segurar o braço de Dona Dalva para ampará-la, mas se desequilibrou e foi ao chão. Então, ela, ao cair, acabou ferindo-o com o anel, que se afundou em sua pele provocando o ferimento. Foi a única explicação considerada convincente pelo garoto. Não compreendia, entretanto, a razão daqueles ardores aleatórios.

Na manhã seguinte, acordou decidido. Iria à Praça do Patriarca. Resolveu sair de casa mais cedo e gastar um tempo observando o lugar calmamente. Pretendia conferir se o incômodo reapareceria. Talvez, ignorando a cicatriz, nada acontecesse. Aquilo tudo devia ser somente bobagem, uma coincidência, fruto de sua imaginação.

Porém, quando o ônibus atingiu a Praça da Sé, sob a camisa veio o ardor. Observou a cicatriz rapidamente e constatou a vermelhidão.

As ruas estavam bastante movimentadas. Todas as pessoas corriam em direção ao trabalho, ninguém pretendia chegar atrasado. Afonsinho, pelo menos, dispunha de tempo para passear, somente. Desejava observar os prédios e demais aspectos do local.

Entrou na Rua Direita e a cicatriz ardeu um pouco mais. Afonsinho tentou esquecê-la, mas era impossível. Retornou à Praça da Sé e seguiu até a Praça João Mendes, localizada exatamente atrás da velha Catedral, e percebeu que a cicatriz, embora ainda ardesse, não o incomodava tanto. Finalmente confirmou sua suspeita. Agora, entendia que havia algo além de sua imaginação.

Então seguiu definitivamente em direção à Praça do Patriarca. Em pouco tempo já estava novamente no mesmo ponto da Rua Direita em que havia decidido se afastar de seu alvo. O tempo todo via a Praça cada vez mais próxima. Como num desafio, um incentivo para não desistir, Afonsinho acelerou nos metros finais e, então, encontrou-se no meio da Praça.

A cicatriz ardia mais do que nunca, sua visão ficou turva e uma sensação de desequilíbrio tomou conta dele. Julgou que fosse desmaiar, mas, daquela vez, algo bastante diferente estava prestes a acontecer e seria mais surpreendente do que qualquer outra coisa jamais sonhada.

Capítulo 9

ISSO ESTÁ CORRETO?

Afonsinho não desmaiou, de fato. Sentiu apenas uma forte queimação na cicatriz, que lhe tirou toda a atenção dos fatos ao redor. Por um segundo, pensou em retornar a fim de interromper a dor, porém, de repente, tudo cessou. Não notou mais nada de especial no seu braço. Só então constatou que estava de olhos fechados. Decidiu abri-los lentamente e, quando o fez, olhava para o chão. Nunca prestou atenção ao calçamento da rua, porém, desconhecia aquele tipo de lajota. Finalmente ergueu a cabeça e ficou imensamente surpreso.

Diante dele dezenas, centenas de pessoas e ele, bloqueado no meio delas. Havia vários homens, não que isso pudesse ser estranho àquela hora do dia, mas as roupas eram muito diferentes do dia a dia. Todos usavam ternos, gravatas, algumas estilo borboleta, e chapéus. Afonsinho nunca vira tantos senhores com chapéus na cidade.

"É uma festa, algum evento?", pensou ele.

O garoto resolveu caminhar e seu sapato lhe apertou o pé. O espanto aumentou quando verificou que sua roupa também tinha mudado completamente. Estava vestido como os demais, exceto pelo chapéu: usava um terno branco, sapato preto e uma pequena gravata.

Os homens conversavam muito entre si. Afonsinho procurou escutar as conversas e distinguia palavras esparsas: "Getúlio", "ditador", "Constituição".

– Onde estou? – perguntou ele em voz alta.

Afonsinho procurou uma passagem por entre a multidão. Olhou para o alto e também não reconheceu os prédios. Tentou localizar o enorme edifício envidraçado, porém, ele havia simplesmente desaparecido. No lugar dele, havia outro, bem menor, exibindo um grande *display*: MAPPIN STORES.

"A igreja! " – pensou ele. – "Deve estar por aqui".

E estava. Isso o deixou contente, embora ela também estivesse modificada. Lembrava-se de tê-la observado atentamente, pois lhe disseram se tratar da mais antiga do Centro, fundada no século XVI. A gigantesca cobertura protetora da escadaria que conduzia ao Vale do Anhangabaú sumira e, agora, existia um monumento diferente do que o garoto conhecia. Bondes e calhambeques circulavam pelas ruas.

"Se a igreja está aqui", pensou ele. "Eu estou na Praça do Patriarca, com certeza, mas está bastante mudada..."

Não restava dúvida. Entretanto, fracassava em encontrar uma explicação para as roupas, prédios diferentes e a multidão que aumentava cada vez mais.

Avistou o Viaduto do Chá e, ao longe, reconheceu o belo Teatro Municipal.

Passou a prestar atenção nas pessoas e nas faixas exibidas orgulhosamente: SÃO PAULO UNIDO EXIGE A CONSTITUINTE; VIVA O BRASIL!; CONSTITUIÇÃO E ORDEM. Alguém estava discursando e o que Afonsinho conseguia escutar lembrava muito a história relatada por Dona Dalva.

Não sonhava, estava claro. Ele já havia se beliscado, fechado os olhos, andado por todo o local. O vento batia em seu rosto, percebia cheiros e ruídos. Tudo bastante real.

Tentou relembrar os fatos, mas apenas recordava de ter corrido em direção à Praça do Patriarca e do ardor da cicatriz.

"Como vim parar aqui?"

Os homens passavam por ele e simplesmente o ignoravam. Afonsinho teve um pensamento ainda mais assustador.

"Será que eu morri? Virei um fantasma?"

Ficou amedrontado. Aproximou-se de um jovem com o propósito de iniciar uma conversa. Ele lia um jornal e tinha uma característica curiosa: metade de uma sobrancelha era esbranquiçada. Se Afonsinho fosse um fantasma, seria ignorado, porém, ao se aproximar, o rapaz o encarou e disse:

– As coisas estão difíceis. O Getúlio Vargas está impassível... Se as coisas continuarem assim, entraremos em guerra. Olha aqui, temos o apoio do Rio Grande do Sul e de Minas Gerais. Vamos todos caminhar para o Rio de Janeiro e depor o presidente.

Feliz por constatar que não se tornara um fantasma, Afonsinho começou a acompanhar a notícia e algo lhe chamou a atenção.

– Moço – disse ele olhando o jornal. – Isto aqui está certo?

Curioso, o homem olhou o local indicado pelo garoto e respondeu:

– Sim. Algo errado?

– Esse jornal é de hoje? – perguntou Afonsinho. – Com certeza?

– Acabei de comprar – riu o homem. – Parece correto. Hoje é dia 23 de maio de 1932. Algum problema?

Afonsinho não conseguiu responder, mas a resposta seria: Sim. Muita coisa estava errada e ele desconhecia o que poderia acontecer.

Capítulo 10

UM AMIGO

"Eu voltei no tempo", constatou Afonsinho. Foi a resposta inevitável após observar os arredores. Era como se somasse 2 + 2, havia apenas um resultado possível. Ele não entendia o que tinha acontecido, mas estava com muita vontade de saber a razão, pois, talvez, descobrisse uma maneira de retornar.

Prosseguiu andando pela Praça atrás de alguma pista; entretanto, a única coisa perceptível eram as pessoas ficando exaltadas. Já assistira a algo parecido na TV e concluiu estar no meio de um comício ou passeata.

— Nós exigimos a Constituição – falava um homem ao microfone. – Só assim teremos nossos direitos, liberdade! O governo federal precisa nos escutar, Getúlio não pode permanecer em silêncio diante dos anseios de São Paulo!

A multidão ovacionava o discurso.

— Está difícil! – disse alguém próximo a Afonsinho.

Ele olhou para o lado. Encontrou outro jovem, mais ou menos da idade dele.

– Você falou comigo? – perguntou.

– Sim, daqui não dá para ver direito, essas pessoas são muito altas.

"Ele tem razão", pensou Afonsinho. Espremidos entre a multidão, mais escutavam do que viam qualquer outra coisa.

– Pena... – respondeu Afonsinho.

– Tive uma ideia, siga-me.

Afonsinho resolveu aceitar, pois, afinal de contas, estava totalmente sozinho. Abriram caminho entre a multidão e ele notou quando o garoto entrou em um prédio. Afonsinho, ao entrar, sentiu um calafrio. Foi um alívio, pois poderia estar próximo de algum local que o levasse de volta para casa.

O prédio hospedava uma loja de produtos médicos. As prateleiras guardavam coisas estranhas, modelos de cabeças humanas, equipamentos de ferro, leitos, macas, parecia um pequeno hospital. Atravessaram por entre os objetos e subiram um lance de escada caminhando em direção a uma janela.

– Pronto, agora temos uma visão melhor.

Da janela envidraçada via-se a Praça do Patriarca e a total dimensão dos acontecimentos. Ela estava de fato lotada e o Viaduto do Chá começava a ser ocupado da mesma forma.

– O PPP deve estar morrendo de medo – riu o garoto.

– O que é isso? – perguntou Afonsinho.

– Você não sabe? – estranhou o menino. – O partido do governo... Eles pensaram que o povo de São

Paulo ia aceitar viver como escravo, só obedecendo, abrigando os interventores...

– Não estou entendendo – disse Afonsinho.

– Mas tem que entender! Afinal, qual é o seu lado?

Afonsinho se assustou com a pergunta. Pela falta de compreensão ficava difícil dar uma resposta adequada, porém, diante de tudo o que ouvira de Dona Dalva e presenciara até aquele momento, achou melhor dizer algo vago, a fim de se manter longe de problemas.

– Dos paulistas, é claro. Tudo é novidade e...

– O Getúlio Vargas tomou o poder em 1930 e até hoje não promoveu uma eleição – disse o garoto. – Já se foram quase dois anos. Pelo jeito, quer ficar eternamente no poder. Ele fica impondo os interventores para governar nosso estado, gente que nem é paulista. O partido dele, o PPP, está lá na Praça da República cheio dos emissários que ele comanda. Estão tentando nos colocar contra o resto do país, falando mentiras, afirmando que vamos nos separar. Não é nada disso. Só exigimos a Constituição.

– Eu também exijo – respondeu Afonsinho.

O menino deveria ter quinze anos, mas falava como um adulto, alguém muito bem informado. Ele olhou para Afonsinho e disse:

– Você é meio engraçado. Fala de um jeito esquisito. Agora entendeu melhor a situação?

– Acho que sim!

– Este é o meu segundo encontro. Já participei do comício da Sé, em janeiro, mas este aqui está mais inflamado, o povo deseja uma solução rápida – riu o garoto. – Vamos, já vi o que eu precisava. Tem muita gente se movimentando em direção à Praça da República. Quero acompanhar.

Afonsinho o seguiu novamente e logo estavam na rua. Olhou o prédio outra vez e, embora estivesse diferente, com outra cor, Afonsinho o reconheceu. Era a Casa Fretin, que ainda existia em seu tempo comercializando o mesmo tipo de produto.

– Venha! Você vai ficar parado aí?

Afonsinho nem sequer tinha ideia de onde realmente estava; permanecia repleto de dúvidas. Porém, era capaz de perceber que, pelo menos naquele momento, aquele garoto era a única pessoa que conhecia.

Notou que o sol começava a se esconder e, logo, outras preocupações surgiram em sua cabeça: encontraria lugar para dormir, comer? Alguém estaria sentindo a falta dele? O que ele mais desejava era encontrar uma pista, qualquer uma que fosse, mas nada lhe era minimamente familiar.

Afonsinho, por fim, seguiu o garoto pensando que, talvez, pudessem se tornar amigos. Tão logo o alcançou, recebeu a seguinte pergunta:

– Qual é o seu nome?

– Meu nome é Afonso, mas todo mundo me chama de Afonsinho. E o seu?

– Dráusio!

Afonsinho não se recordava de ninguém com nome tão incomum, embora lhe parecesse familiar. Por alguma razão, se sentiu seguro e foi atrás de Dráusio cortando a multidão.

Capítulo 11

NASCE A SIGLA

A atenção de Afonsinho dispersava-se para todos os lugares. Enquanto caminhava em direção ao Viaduto do Chá, impressionava-se pela quantidade de prédios diferentes que descobria a cada momento.

"Todos devem ter sido derrubados", pensou.

De fato, aquilo realmente acontecera. Os belos palacetes e edifícios de arquitetura ornamentada seriam demolidos para dar lugar aos imensos edifícios do futuro. Raros os que sobreviveriam a tanta modernização e permaneceriam em pé nos tempos de Afonsinho.

Várias vezes ele viu o bonde cruzando a cidade sobre delicados trilhos. Percebeu também que existiam mais árvores nas ruas, propiciando um clima fresco e até um ar menos poluído. A quantidade de automóveis era bem menor.

Porém, enquanto se entretinha, também seguia Dráusio, que se dirigia velozmente à Rua Barão de Itapetininga.

– É lá onde eles estão, Afonsinho – gritou ele.

– Quem? – perguntou ele apressando o passo.

– Você não sabe de nada – riu ele. – Os homens do Getúlio, do partido dele, o Partido Popular Paulista estão lá, e o povo está indo protestar. Rejeitamos os interventores nomeados por aquele ditador para o nosso estado!

E a multidão fazia o mesmo caminho. Afonsinho nunca tinha participado de qualquer passeata e achou curioso unir-se a uma no passado. Sua mãe, certamente, não aprovaria. Osmar talvez gostasse, pois ficaria procurando alguma garota.

Palavras de ordem semelhantes às ditas na Praça ecoavam. Ao passarem diante do Teatro Municipal, Afonsinho considerou aquele o único prédio não alterado profundamente. Até as cores das paredes, levemente desgastadas, permaneciam iguais. Finalmente chegaram à Rua Barão de Itapetininga, que, com certeza, encontrava-se profundamente modificada. Estava organizada, elegante, sem camelôs ou a bagunça das lojas de eletrodomésticos. O comércio era diferente. Afonsinho encantou-se ao ver uma loja de pianos; os instrumentos brilhavam.

As pessoas, no interior dos prédios, ficaram alarmadas. Perceberam que algo acontecia e, como o dia já terminava, trataram de fechar as portas. Afonsinho também gritava as palavras de ordem: "Queremos nossa Constituição!", "Abaixo Getúlio!", "Viva os paulistas!".

O garoto sentiu-se vivo, participativo. Tinha a certeza de que fazia algo importante, lutando pela liberdade. Mais e mais gente se aglomerava e, quando finalmente se aproximaram da Praça da República, ouviu-se um estrondo.

– O que foi isso? – perguntou Afonsinho.

– Vou descobrir já! – falou Dráusio.

Embora fosse difícil atravessar a multidão, o jovem conseguia encontrar espaços por onde se infiltrava. Afonsinho procurava segui-lo antes que os vãos se fechassem. Se não tomasse cuidado, acabaria perdendo-o de vista.

Subitamente, Afonsinho sentiu algo estranho. Parecia que ele recebia um impulso contrário. Percebeu que algumas pessoas se viravam e começavam a correr na direção oposta. Na sequência desse movimento repentino, escutou gritos.

– Estão destruindo os jornais! – exultava um homem.

Outro comemorava:

– Atacaram os jornais do governo! Daqui a pouco não existirão mais o *Correio da Tarde* e *A Razão*. Eles vão parar de publicar mentiras.

O povo se dirigiu ao local em que ocorria a depredação e Afonsinho, pensando somente em Dráusio, acabou sendo arrastado pelas ruas, perdendo-se do amigo.

Novos sons eclodiram, gritos! Dessa vez, alguns homens correram para a Rua Dom José de Barros, a última antes da Praça da República. Alguém gritou:

– Socorro! A polícia está atirando.

O povo não desconfiava do perigo; os aliados do governo federal estavam entrincheirados em sua sede e, quando começaram a ser atacados, revidaram com tiros a fim de proteger o que eles consideravam seu patrimônio, suas posses. A população, indefesa, precisou se proteger. Quem se adiantou pela Rua Barão de Itapetininga até a Praça da República voltou seriamente ferido.

Logo a multidão revidou e uma intensa batalha foi iniciada. Saquearam uma loja de armas. Entretanto, as forças governistas estavam mais bem equipadas.

– Tive uma ideia – falou um rapaz a um amigo próximo.

Afonsinho estava escondido ao lado deles e escutou a conversa.

– Onde você vai, Miragaia? – perguntou o outro.

– Não podemos ficar aqui, Camargo. Vamos até a Praça, ouvi dizer que vão usar um bonde como escudo.

Então, os dois partiram em direção à Praça da República. Afonsinho quis segui-los, porém, o som de tiros o assustava o suficiente para determinar sua decisão de permanecer imóvel.

Por fim, criou coragem e olhou para onde os rapazes correram. Viu realmente um bonde sendo deslocado. Assistiu, espantado, ao momento em que uma rajada de balas o atingiu e, em seguida, um homem tombou ao chão.

– Socorro! Acertaram o Martins! Acertaram o Martins!

Aquela voz desesperada ecoava pela rua. Alguns homens tentaram ajudar a retirar o ferido, mas os disparos não cessavam. Afonsinho observou quando algumas pessoas machucadas passaram carregadas. Um homem atraiu sua atenção, estava sangrando muito, desacordado.

"Como é que isso podia estar acontecendo?", pensou o garoto.

Momentos antes, todo o movimento não passava de algo pacífico, pessoas pedindo uma Constituição, liberdade. Agora, aquele mesmo povo era alvejado por projéteis da sede do governo federal. Assassinavam a própria população!

A quantidade de feridos aumentava. Afonsinho desejava saber de Dráusio, seu paradeiro. Estaria seguro?

A luta prosseguiu, tiros surgiam de todos os lados. A população estava cada vez mais indefesa, pois findava sua munição. Entretanto, a disposição para lutar permanecia.

Foi então que apareceu um grande destacamento da Força Pública. Primeiro o grupo tratou de afastar os manifestantes impedindo-os de se aproximar do prédio de onde partiam as balas. A multidão não pretendia obedecer, mas os policiais impuseram sua autoridade e, aos poucos, todos se afastaram.

Afonsinho viu, assustado, quando dois homens, com as roupas encharcadas de sangue, foram retirados do meio da rua. Reconheceu os dois rapazes que, pouco antes, estavam a seu lado. O garoto já tinha presenciado outros quatro sendo carregados naquela situação e, enquanto pensava nisso, observou os manifestantes abrirem passagem para outro ferido. Afonsinho, por um breve instante, olhou a pessoa gravemente machucada e gritou:

– Dráusio!

Era seu amigo, sujo de sangue e com a roupa rasgada.

– Você conhece esse menino? – perguntou alguém.
– Sim, o nome dele é Dráusio.

Afonsinho caminhou ao lado dos homens que levavam o garoto, torcia para o amigo emitir algum sinal, abrir os olhos. Ele estava imóvel. Afonsinho tocou na mão dele, apertou. Dráusio não reagia. Afonsinho sentiu-se mal, a cabeça doeu e, de repente, percebeu o velho ardor da cicatriz. Sua visão ficou turva, escurecida e, antes que pudesse fazer qualquer coisa, seu corpo amoleceu e, sem conseguir reagir, desmaiou.

Capítulo 12

23 DE MAIO

Afonsinho abriu os olhos, assustado. Sua respiração estava ofegante.

– Dráusio! – gritou. Queria fazer algo, ajudar o amigo. A imagem da camisa manchada de sangue não saía da cabeça de Afonsinho. O ferimento podia ser realmente grave.

Ao dar o primeiro passo para tentar seguir a maca, percebeu algo diferente: o sol brilhava intensamente. Aquilo era impossível, pois a noite mal havia principiado. Reparou melhor e viu a enorme cobertura que protegia a escadaria.

Ele retornara a seu tempo, à Praça do Patriarca.

Suas roupas mudaram novamente, vestia as mesmas daquela manhã, antes de tudo acontecer.

"Não pode ser", pensou ele. "Um sonho? Eu não ia conseguir inventar tudo aquilo".

O imenso prédio envidraçado permanecia no lugar, o mesmo ocupado no passado pela bela loja

Mappin Stores. Afonsinho se lembrava de ter visto uma ou outra foto da loja, mas nunca com todos os detalhes. E os ruídos, cheiros, clima? Em seguida, reparou na Casa Fretin. Aproximou-se dela e não havia nada de especial. Os bondes desapareceram, as pessoas transitavam apressadas. O monumento central não estava mais ali e a estátua do patriarca José Bonifácio retornara.

Ele tentou recapitular os acontecimentos, desde sua chegada à praça até a volta ao passado, os vários encontros, as passeatas...

– A cicatriz! – gritou.

Afonsinho levou a mão à cicatriz e ela estava normal, não o incomodava mais. Ele estranhou, pois, há pouco, bastava se aproximar da praça em que estava para que não pudesse suportar a ardência do ferimento.

Enquanto procurava encontrar uma explicação para tudo aquilo, viu o relógio luminoso de uma loja e percebeu que faltava pouco tempo para o início de seu horário de trabalho.

"Não pode ser", pensou ele, imaginando que, diante de tudo o que vivera recentemente, algumas horas já deveriam ter se passado. Ele estava, praticamente, cerca de cinco minutos além do horário em que chegara à praça.

Afonsinho, meio atordoado, foi para o escritório. Não conseguia compreender aquela situação, deveria haver uma pista provando os últimos acontecimentos. A memória ainda estava presente: a passeata, os sons dos tiros, o bonde sendo arrastado, os gritos.

"Eu não estou louco, alguma coisa se passou, de verdade".

Pensando nisso, nem percebeu quando entrou no edifício. Tão logo o viu, o porteiro comentou.

– Ué! O que aconteceu?

– Por quê? – perguntou Afonsinho.

– Tomou chuva? – prosseguiu o porteiro.

– Chuva? – estranhou o menino.

– Sim, você está todo molhado.

Afonsinho passou a mão pelos cabelos e percebeu que eles estavam úmidos e a camisa, molhada.

"Suor", pensou ele. "É isso! Suei bastante: corri, me escondi e, principalmente, senti medo, muito medo".

– Obrigado, Seu Clécio! – disse o menino entrando correndo no elevador.

O homem não entendeu nada e retornou ao trabalho. Afonsinho seguiu feliz. O suor era a prova. Ele podia ter trocado de roupa, de ambiente, de tempo, mas o seu corpo permanecia o mesmo. Pensando nisso, imaginou que, se tivesse levado um tiro na praça, também voltaria ferido. Será?

Desconhecia como tudo aquilo havia acontecido, porém, estava decidido a descobrir. Iria buscar novas pistas, refazer todo o trajeto daquela verdadeira batalha, encontrar informações. Talvez Dona Dalva pudesse lhe ajudar. Se bem que ele achou prudente tomar cuidado, pois poderiam considerá-lo louco, ainda em razão da queda.

Afonsinho não costumava transpirar muito e, para isso acontecer, precisaria ter praticado um grande esforço.

Entrou no escritório e Beatriz passava batom.
– Bom dia!
– Nossa, garoto, você está molhado!
– Fiquei com medo de chegar atrasado e vim correndo... – ele interrompeu a conversa, pois notou algo muito estranho no escritório. Havia diversos vasos de flores brancas: margaridas, rosas, crisântemos. – O que está acontecendo aqui?

Ela ajeitou um pequeno vaso sobre a mesa e disse:
– Lindo, não é? Adoro quando acontece...
– O quê? – perguntou o garoto.
Ela sorriu.
– Tem um montão de coisas que você não sabe... Sempre nesta data, o Dr. Valadão enche o escritório de flores brancas. Ele diz que é uma homenagem.
– Homenagem?
– Para o pai dele.
– Que ele não conheceu! – falou Afonsinho.
– A Dona Dalva te contou algumas coisas, certo? Então, ele gosta de se lembrar do pai, que costumava presentear a mãe dele com flores brancas. E nesta data, há muitos anos, aconteceu alguma coisa bem importante, não sei direito o quê...
– E que dia é hoje, afinal de contas?
– Tá aqui – disse a secretária mostrando um calendário. – Vinte e três, hoje é 23 de maio.

Capítulo 13

AS FLORES BRANCAS

Afonsinho passou o resto do dia meio desligado. Jaime, o estagiário, acabou lhe chamando a atenção.

– Você está muito lerdo hoje!

– Se você tivesse passado pelo que eu passei, também estaria – respondeu sem dar maiores explicações.

Durante as entregas do dia, o garoto fez questão de atravessar várias vezes a Praça do Patriarca, mas a cicatriz simplesmente não ardia. Reconhecia que tudo se interligava: a cicatriz, a praça, a volta ao passado. Apenas desconhecia as conexões.

Aproveitou para ir à Praça da República, pelo mesmo caminho feito junto aos manifestastes, entretanto, nada de anormal aconteceu. Quando retornou ao escritório no fim do dia, estava cansado, mental e fisicamente. Isso não passou despercebido pelos colegas de trabalho. Eles acharam seu comportamento incomum. Portanto, antes de ir embora, recebeu o seguinte aviso:

– Dr. Valadão está esperando para conversar com você – disse Beatriz, levemente alarmada.

Afonsinho desejava escapar daquele encontro, mas, certamente, isso não seria possível. Dirigiu-se à sala do chefe, com um pouco de medo.

– Posso entrar? – o homem ergueu os olhos dos papéis e o autorizou. – O senhor quer que eu vá fazer mais algum serviço?

Dr. Valadão colocou os papéis de lado, mandou que ele se sentasse, olhou firme e perguntou:

– Tudo bem?

– Sim – respondeu Afonsinho timidamente.

– Não foi o que me contaram.

– É só um pouco de cansaço.

– O Jaime e a Beatriz me confirmaram que você ficou meio diferente desde o dia do acidente. Precisa consultar o médico novamente, fazer exames...

– Dr. Valadão, é só...

– O que foi?

Afonsinho não se sentia doente, apenas bastante confuso. Por um segundo, imaginou que a queda pudesse ter provocado certa interferência em seu cérebro, porém, voltar no tempo não era exatamente uma alucinação.

– Hoje é dia 23 de maio – disse o garoto. – Um dia triste...

Dr. Valadão perguntou desconfiado:

– O que minha mãe lhe contou naquele dia do almoço?

– Um monte de coisas – respondeu Afonsinho.

– Sobre o 23 de maio? As flores? Você deve ter achado esquisito, certo?

– Bem, o senhor falou e... Achei sim...

O homem respirou fundo, levantou-se e dispensou os outros funcionários. Afonsinho notou uma mudança na fisionomia do chefe: ficou menos pesada, tranquila.

– É uma homenagem que faço todos os anos ao meu pai, uma forma de respeito. Eu não conheci meu pai, você já sabe.

– Sim, a Dona Dalva me contou que ele morreu na...

– Na Revolução de 32... Faz muito tempo. É triste não ter conhecido seu pai, você cresce achando que faltou alguma coisa. Nem sei como era a voz dele. Somos parecidos, segundo minha mãe me conta.

Afonsinho nunca esperou ouvir algo assim do Dr. Valadão, um senhor tão sisudo, de poucas palavras. Aquela conversa poderia ser útil. Talvez conseguisse boas informações com ela.

– Por que vocês dois escolheram o dia de hoje para...?

– Ora, é uma data importante, foi nela que a tragédia aconteceu.

– Tragédia? – interessou-se Afonsinho, recordando o que presenciara no passado.

– Sim, exatamente neste dia, 23 de maio... O MMDC.

Dr. Valadão contou fatos sobre Getúlio e a Constituição que Afonsinho já tinha ouvido de Dona Dalva e até dos próprios manifestantes, porém, permaneceu quieto como se estivesse escutando tudo pela primeira vez.

– MMDC – disse Afonsinho. – Eu lembro....

– A gente aprende na escola. São as siglas das iniciais dos quatro homens assassinados aqui no Centro quando faziam uma manifestação: Martins, Miragaia...

– Dráusio! – exclamou Afonsinho, lembrando por que achava aquele nome tão familiar.

– E Camargo... Também teve outro jovem, o Alvarenga, que foi alvejado naquela mesma noite, mas só veio a falecer alguns meses depois. Por isso que a inicial do nome dele não está na sigla. Alguns historiadores começaram a rever isso. O rapaz também merece fazer parte da história.

– Eu não vi o Alvarenga – comentou Afonsinho.

– O que você falou?

– Nada... – disfarçou o garoto. – O senhor então compra flores brancas para eles?

– Principalmente pro meu pai.

– Nesse dia que ele morreu? – perguntou, com certo receio, Afonsinho.

– Não – disse Dr. Valadão. – Pouco depois, meu pai se alistou na Revolução. A morte dos quatro jovens foi a gota d'água. O estado inteiro se uniu, não tinha volta. Meu pai foi um dos voluntários. Até minha mãe participou...

– Dona Dalva lutou na revolução?

– Mais ou menos – riu Dr. Valadão. – Ela se juntou a um grupo de mulheres que atuaram como enfermeiras. Algumas foram costureiras, outras faziam o necessário para ajudar na vitória.

– Seu pai participou das passeatas, das manifestações? Ele sabia do bonde? Usaram de escudo contra o tiroteio... – falou Afonsinho animado.

Dr. Valadão imaginou que sua mãe tivesse lhe contado todas aquelas histórias e prosseguiu.

– Sim, ele estava naquele fatídico dia e, felizmente, saiu ileso. Perdeu um de seus companheiros: o Miragaia. Eram grandes amigos, faziam muitas coisas juntos. Meu pai viu quando ele recebeu o tiro e até tentou salvá-lo. Inútil. Mas foi por causa disso que ele decidiu se alistar. E, depois, tudo foi muito rápido. Tão logo meu pai se alistou, ele partiu para a frente de batalha. Nunca mais meus pais se viram, ele nem ficou sabendo que minha mãe estava grávida. Foi muito sofrimento de uma vez só, pobrezinha! – Dr. Valadão interrompeu um pouco a fala. – E sobraram poucas fotos, a melhor é esta aqui.

Afonsinho, então, examinou o pequeno retrato, ladeado por um vasinho, exposto sobre uma mesinha atrás do Dr. Valadão. Não conseguiu disfarçar o susto.

– Nossa, eu conheço esse homem!

Capítulo 14

UMA IDEIA MALUCA

Afonsinho pegou o retrato das mãos do Dr. Valadão e mal podia acreditar. A foto era antiga, amarelada, mas mostrava em *close* a foto de um homem jovem sorridente e, inconfundível, com metade de uma sobrancelha completamente branca.

– Ele estava lendo jornal na Praça do Patriarca!

Dr. Valadão, desconfiado, falou:

– Meu pai comprava o jornal lá de vez em quando. Foi minha mãe quem lhe contou isso?

– Não, eu vi, ele me contou que era o dia 23 de maio...

Ao olhar o Dr. Valadão, Afonsinho percebeu que havia dito alguma bobagem.

– Deve ter sido alguém parecido – disse Dr. Valadão. – Você sabe, meu pai morreu há muitos anos... – Em seguida, ele pegou o retrato e o recolocou no lugar. – Está tarde e você deve estar cansado. Vamos embora! Todos já se foram. Por hoje chega.

Afonsinho concordou, aliviado. Saiu da sala, recolheu suas coisas e partiu escada abaixo. Pensou em contar tudo para seu amigo, Osmar, porém, ele certamente não acreditaria. Afonsinho resolveu se colocar na posição das outras pessoas. Se alguém lhe contasse sobre uma volta ao passado, passeata, pessoas assassinadas e ainda encontro com o pai do patrão, ele certamente pensaria que o sujeito enlouqueceu.

Ele precisava de uma prova irrefutável.

"A cicatriz", pensou ele.

Caminhou por lugares em que ela já tinha ardido, mas nada aconteceu. Entretanto, permanecia com a palavra OURO claramente legível.

"Em algum momento, vou receber um sinal", torcia ele.

Antes, desejava a cura da cicatriz, agora, pretendia que ela repetisse aquela espécie de mágica. Depois de presenciar tantas coisas importantes, achava que algo precisava ser concluído. Queria ir ao passado novamente, mas não sabia se isso seria possível nem se voltaria para o momento esperado.

Resolveu retornar para casa, já estava ficando tarde e sua mãe ficaria preocupada. Caminhou pelo Viaduto do Chá e, outra vez, ao cruzar a Praça do Patriarca, observou os estudantes correndo apressados. Ainda não tinha decidido pela profissão, mas, ao conhecer um pouco melhor a rotina do escritório, achou que Direito poderia ser uma atividade interessante. Inexistia advogado em sua família, talvez ele pudesse ser o primeiro. Conhecer as leis, defender as pessoas e causas importantes.

Lembrou-se do Dr. Valadão e do pai dele, principalmente desse último. Recordava-se bem dele lendo o jornal.

A Faculdade de Direito ficava muito próxima, no Largo São Francisco, ao final da Rua São Bento. Foi criada no tempo do império e, dali, nasceram alguns dos movimentos políticos mais importantes do Brasil, entre eles, a luta contra a escravidão e o Diretas Já, movimento pela redemocratização do país. Ela foi estabelecida num prédio que funcionara como convento no século XVI e, até hoje, as igrejas ainda permanecem de pé. Na década de 1930 foi construído um novo edifício, com belas arcadas, e atualmente é tombado pelo patrimônio histórico do estado de São Paulo.

Afonsinho não a conhecia profundamente, porém, a lembrança do pai do Dr. Valadão o deixou curioso.

"Será..."

Passou por sua cabeça uma ideia bastante maluca. Sabia que dificilmente conseguiria fazer algo para mudar a história dos rapazes do MMDC, mas, talvez, encontrando oportunidade, pudesse impedir que o pai do Dr. Valadão fosse à guerra. Se tivesse outra chance, poderia alertá-lo sobre a gravidez de Dona Dalva. Talvez desistisse do alistamento e permanecesse vivo.

O garoto se dirigiu ao Largo São Francisco, ansioso para ver a faculdade, os alunos, conhecer o ambiente. Entrou na Rua São Bento e, ao se aproximar do largo, finalmente aconteceu: a cicatriz voltou a arder. Sentiu-se feliz; não sabia o que aconteceria, mas, agora, tinha certeza: estava no caminho certo.

Capítulo 15

UMA DATA ESPECIAL

Quando entrou no Largo São Francisco, a cicatriz pulsava. Fechou os olhos, esperou, porém, nada se passou. Decepcionado, tomou o ônibus para casa.

Nos dias seguintes, insistiu em idas aleatórias ao Largo e, sempre, a cicatriz doía. Nas andanças pelo local, acabou descobrindo vários fatos interessantes. Ali, na Faculdade de Direito, estudaram grandes personalidades: Rui Barbosa, Castro Alves, Álvares de Azevedo, Monteiro Lobato, entre outros. O salão nobre era extremamente requintado, semelhante a um pequeno teatro, cheio de portas, cortinas vermelhas e uma longa mesa com cadeiras de espaldar alto. Vários quadros, bustos, lustres... um lugar cheio de história.

Entretanto, nada daquilo interessava a Afonsinho. Ansiava por um novo encontro com o Sr. Guilherme, que é como se chamava o pai do Dr. Valadão, afinal. Lamentava ter perdido a oportunidade, mas, de qualquer forma, ele não tinha o conhecimento que agora possuía.

O jeito? Esperar.

Resolveu dedicar-se aos estudos, pois estava na reta final e logo sairia de férias. Osmar fez mil planos, mas Afonsinho precisou explicar que, daquela vez, tudo seria diferente. Não daria para jogar bola desde a manhã até o fim do dia, pois agora ele trabalhava.

Afonsinho tocava a vida, fazendo provas e trabalhando. As férias, na verdade, não demoraram a chegar e ele pôde se divertir um pouco mais com os amigos. Foi seguindo essa rotina que, um dia, recebeu uma boa notícia.

– Ufa! Amanhã é feriado! – disse a secretária.

– De quê?

– Nove de julho.

Afonsinho estava tão envolvido em suas novas atividades que havia se esquecido daquela data tão importante. Foi em 9 de julho que, de fato, principiou a Revolução Constitucionalista e, por isso, era feriado estadual.

O garoto teve um pressentimento. Quando retornara no tempo, fora num dia especial, 23 de maio. Talvez fosse isso que faltasse: um momento marcante. Enquanto Beatriz relatava seus planos para o dia de folga, ele planejava fazer exatamente o oposto: ir ao Centro, como se fosse um dia normal de trabalho.

Acordou cedo e, assim que se sentou para tomar café, ligou a TV da cozinha e assistiu ao noticiário trivial: o movimento de carros nas estradas, sugestões de passeios e, finalmente, uma curta reportagem sobre a razão do feriado.

Afonsinho não desgrudava os olhos da tela. Quando viu as fotos antigas exibidas, ficou surpreso. Reconheceu a paisagem. O mais curioso eram as imagens em preto e branco. Porém, ele tinha a lembrança exata das cores, dos cheiros e dos sons. De repente, apareceu o Obelisco do Ibirapuera, um lugar que ele nunca visitara.

— Hoje vai acontecer o grande desfile em homenagem a este dia histórico! – falava a repórter, emocionada. – Aqui, aos pés do Obelisco que homenageia os quatro estudantes mortos naquele fatídico dia 23 de maio de 1932: Martins, Miragaia, Dráusio e Camargo, que acabaram nomeando o famoso MMDC, sigla formada pela letra inicial do nome de cada um deles. No mausoléu estão os restos mortais desses heróis e de vários outros soldados que lutaram para que o Brasil pudesse ter novamente uma Constituição – prosseguiu a repórter, caminhando entre as pessoas. – A batalha começou exatamente neste dia, 9 de julho. Infelizmente terminou com a derrota dos paulistas, que se renderam no dia 2 de outubro daquele ano. Mas a luta não foi em vão, pois, apenas dois anos depois, o Brasil conseguiu sua nova Constituição.

Em seguida, a repórter entrevistou alguns senhores uniformizados e condecorados. Afonsinho teve a impressão de ter visto, no fundo da imagem, Dona Dalva e Aline caminhando.

— Nossa, será que a minha cicatriz arderia perto desse Obelisco? – falou Afonsinho.

— Algo errado, filho? – perguntou a mãe dele.

– Nada não, mãe, só estou pensando alto. Tchau! Vou sair.

– Volta pro almoço, menino. Cuidado!

Afonsinho partiu em direção ao ponto de ônibus. Porém, decidiu escolher outro, mais à frente, de forma que não fosse visto indo ao Centro em pleno feriado. Osmar certamente estaria dormindo e não iria chamá-lo tão cedo. Afonsinho se lembrava de que, ao retornar no tempo, embora tivesse vivido situações diferentes por algumas horas, somente cinco minutos se passaram em sua época original. Assim, ele havia calculado que, se tudo desse certo, chegaria no horário de almoço e ninguém notaria sua ausência.

Partiu para sua aventura confiante de poder controlar os acontecimentos, inclusive, o destino das pessoas.

Capítulo 16

SOB OS ARCOS

Afonsinho caminhou lentamente em direção ao Largo São Francisco. As ruas estavam desertas em comparação com o movimento comum dos dias úteis, com as portas do comércio fechadas e sem trânsito. Típico feriado.

Ele realmente temia que estivesse fazendo alguma loucura. E se falhasse dessa vez? A razão exigia o retorno ao lar, mas a emoção o impulsionava à frente.

A cicatriz o incomodava. A Rua São Bento havia terminado e ele avistava o imponente edifício da Faculdade de Direito.

Afonsinho não sofria dor de cabeça ou tontura. O dia estava muito abafado e ele sentia, na verdade, bastante sede. Atravessou a rua, parou diante do prédio e observou as imponentes arcadas, três no total. Elas se apresentavam como um desafio; protetoras da entrada principal da Faculdade. Observou as sacadas ricamente ornamentadas, posicionadas exatamente acima das arcadas. Naquele dia quente, a sombra proporcionada por elas se mostrava convidativa.

E, então, tudo aconteceu. Afonsinho atravessou a arcada central e um vento inesperado surgiu. O garoto sentiu um leve mal-estar que o forçou a fechar os olhos. Rapidamente se recuperou e, quando os abriu novamente, a cicatriz não ardia. Imediatamente ele notou a mudança em suas roupas, novamente vestia um incômodo terno.

"Voltei", pensou ele. "E agora"?

Ao olhar para trás, o Largo estava lotado, cheio de estudantes. Percebia-se uma tensão no ar.

– Sai da frente, garoto – gritou um grupo de rapazes passando apressados.

Afonsinho teve a certeza absoluta de que cada um deles carregava uma arma grande, talvez uma espingarda. Diante do prédio, os homens mantinham a elegância, trajando terno e chapéu. Também havia alguns calhambeques estacionados, bandeiras e uma intensa agitação.

– Começou a Revolução! – gritou alguém. – Agora é tudo pela Constituição.

A Faculdade de Direito fervilhava e os jovens queriam lutar por aquilo que acreditavam: o fim da ditadura de Getúlio. Os paulistas aguardavam um navio abarrotado de armas e munições. Existiam poucos aviões disponíveis, mas, certamente, seriam úteis para defender as tropas e as cidades paulistas. Tinham elevada expectativa de sucesso.

No meio de tanta organização e sentimentos de vitória, Afonsinho também se deixou influenciar. Percebia a vibração ao redor e procurava absorver todas as informações. Ao mesmo tempo, temia estar ali, sozinho.

Tratou de se lembrar o porquê de querer tanto voltar ao passado: o jovem Guilherme. Deveria encontrá-lo, rapidamente, pois não sabia de quanto tempo dispunha. Se havia lugar no mundo no qual um estudante de Direito pudesse estar, seria ali. Bastava procurar um jovem cuja sobrancelha era metade branca. Alimentava a esperança de que aquele pai pudesse conviver vários anos ao lado da esposa e do filho.

"Ele está aqui e vou encontrá-lo".

O garoto se enfiou no meio da multidão olhando em cada rosto. Seu desejo de localizar o jovem e falar do futuro continuava tão grande, que não se questionou em qualquer momento sobre as consequências de se tentar alterar o passado.

Ele logo saberia!

Capítulo 17

VOCÊ JÁ FEZ A SUA PARTE?

No Largo, encontrar alguém conhecido naquela multidão de homens vestidos iguais não parecia uma tarefa fácil. Afonsinho só tinha visto o pai do Dr. Valadão duas vezes, uma ao vivo e outra na foto. Não fosse por aquele detalhe especial da sobrancelha, seria difícil recordar a fisionomia dele.

A situação ficava ainda mais complicada em razão do movimento das pessoas. Os rapazes estavam inquietos, corriam de uma roda de conversa à outra. Diante do perigo iminente, toda informação tornava-se fundamental.

Teve vontade de perguntar para qualquer pessoa se conhecia um estudante com a tal mancha branca, mas, de repente, algo lhe chamou a atenção. Havia um cartaz colado numa parede. Nele, um soldado apontava o dedo na direção da pessoa que o estivesse lendo. Ele vestia um uniforme marrom e um capacete preto. Atrás dele, tremulava a bandeira paulista. O texto dizia: "Você tem um dever a cumprir. Consulte a sua consciência".

Muitos atendiam àquele chamado. Chegavam voluntários para se alistar de todas as partes da cidade. Frequentemente se escutava a seguinte pergunta:

– Onde a gente se alista?

Tudo acontecia de maneira rápida e organizada. O planejamento já vinha de algum tempo. Ali mesmo, na Faculdade de Direito, no dia seguinte àquele fatídico 23 de maio, em que os quatro jovens morreram, foi criado pelos estudantes o MMDC. A principal função era organizar um movimento armado e preparado para lutar contra o governo federal.

E Afonsinho percebeu que o trabalho gerava resultado. Alguns rapazes já chegavam armados, trazendo o equipamento das próprias casas.

– Vamos defender São Paulo! Lutar pela Constituição, um país livre! – bradavam.

– Amanhã mesmo vou para a frente de batalha – anunciou orgulhoso um rapaz.

Afonsinho precisava encontrar Guilherme depressa, caso contrário ele partiria para o *front* sem mesmo ter sido visto pelo garoto.

Anoitecera quando ele decidiu mudar o local de sua busca. Saiu do Largo e entrou na Faculdade. Talvez tivesse mais sorte. Observou um grupo de rapazes meio abaixados e se aproximou para verificar o que estava acontecendo. Se fosse em outro momento, teria achado curioso, mas eles tentavam sintonizar um rádio, um aparelho com vários botões arredondados e um marcador cheio de números por onde deslizava um ponteiro. O garoto nunca havia visto um daqueles tão grande e decorado. O som emitido tinha chiado, era difícil compreender as mensagens. Ninguém parecia respirar, prestavam bastante atenção. Então, de repente, um grito em uníssono foi dado.

– Viva!

Todos começaram a se abraçar.

– Mas o que aconteceu? – perguntou Afonsinho para um rapaz.

– O rádio é nosso!

– Como assim?

– Nosso movimento controla as estações de rádio, o correio e até os telefones. Agora, poderemos nos comunicar por todo o estado com liberdade. As notícias estão chegando de todas as partes. São Paulo está pronto para a luta.

E continuaram comemorando. Viam-se cartazes por todos os lados. O MMDC era um sucesso. Afonsinho ficou feliz em perceber que a morte horrível daqueles jovens não fora em vão.

De repente, ergueu a cabeça e o avistou. Lá estava Guilherme, vestindo o mesmo casaco que usava na Praça do Patriarca, inconfundível. Parecia ter saído do retrato e pulado para a vida. Sorria enquanto vários jovens o cumprimentavam.

Afonsinho correu em sua direção, ansioso para resolver a situação de uma vez por todas. Abriu caminho, se aproximou do homem e escutou a razão de toda aquela alegria.

– Parabéns! Parabéns! – diziam todos. – Agora você faz parte do Batalhão dos Acadêmicos!

O garoto constatou que chegara um pouco tarde, o rapaz já tinha se alistado, poderia ir à guerra a qualquer momento. Ficou a sensação de fracasso, seu retorno ao passado fora uma bobagem, perda de tempo.

Porém, veio à sua mente a expressão de Dona Dalva lamentando a perda do marido tão jovem, o Dr. Valadão reclamando da falta que o pai lhe fez e não teve dúvida. Impossível ignorar o fato de estar diante do homem que poderia fazer tanta diferença para uma família no futuro. Aproximou-se dele e disse:

– Guilherme?

O rapaz olhou com estranheza para aquele garoto chamando-o pelo nome e disse:

– Sim.

– Você não pode ir lutar!

Ele sorriu, encarou Afonsinho e perguntou:

– E o que você entende de guerra?

– Quase nada, mas sei de uma coisa importante.

– O quê?

Afonsinho respirou fundo e disse:

– Sua esposa está grávida!

Capítulo 18

PERDENDO O CONTROLE

Ao receber tamanha notícia daquele garoto esquisito, Guilherme perguntou, incrédulo:
— Você nem me conhece! Por que está dizendo isso?
— É a verdade – respondeu Afonsinho. – Você vai ser pai. Não pode ir para essa batalha.
Porém, alguém que passava ao lado escutou a última frase e se exaltou.
— Quem é você? – perguntou o homem. – Você é contra a Revolução? Ele é um soldado, alistado...
— Eu vou lutar – afirmou Guilherme. – Esse garoto deve estar meio perturbado. Nem o conheço.
— É verdade, sua mulher está grávida.
— Quem lhe disse isso? – perguntou Guilherme.
— Ninguém. Eu sei.
Então, nesse momento, Afonsinho sentiu uma tontura. O homem que tinha chegado o segurou, evitando que ele caísse no chão. O garoto viu quando o

pai do Dr. Valadão subitamente saiu pelas arcadas e desapareceu. Afonsinho fez um esforço para se recuperar e, ao conseguir, tentou alcançar o rapaz, mas ele havia sumido.

"Aonde ele foi?" A tontura se intensificava. "Essa não, vou retornar ao futuro, logo agora. Quero saber se ele desistiu da guerra".

Afonsinho voltou ao interior da faculdade e se sentou nos degraus de uma escadaria para tentar melhorar. Fechou os olhos, abaixou a cabeça, os sons não cessavam.

Quando ergueu o rosto, era dia. Percebeu que estava no mesmo lugar no qual se sentara na noite anterior e pensou: "Nossa, dormi fora de casa, minha mãe vai brigar comigo". Porém, notou que usava as estranhas roupas do passado. "Ainda estou aqui"?

Parecia um filme, tudo: as filas de alistamento, as armas, o corre-corre.

– Você está bem? – Afonsinho olhou para cima e viu uma mulher. Devia ter cerca de 40 anos e estava vestida de enfermeira. – Quer ajuda, garoto?

– Não, obrigado. Só parei aqui para descansar um pouquinho.

– Estou ajudando os rapazes no alistamento. Se precisar de alguma coisa, é só falar.

A mulher se despediu com um sorriso e Afonsinho reparou que moças de todas as idades também começavam a chegar acompanhando filhos, maridos ou namorados.

– Fomos traídos! – gritou um homem.

Afonsinho se aproximou e escutou as notícias.

– O Rio Grande do Sul resolveu apoiar o ditador Vargas! – disse outro.

– Minas Gerais também – gritou mais um.

– Eles juraram suportar nossa causa, seríamos todos contra o governo. Agora, estamos sozinhos! – prosseguiu o primeiro.

– Não, não estamos! Nós vamos vencer – afirmou outro soldado. – Acabo de vir do Centro e estão se formando novos postos de alistamento. Já há mais de vinte mil voluntários prontos para ir à guerra. Logo chegaremos a cem mil.

E todos gritavam, comemoravam.

Enquanto isso, Afonsinho procurava compreender o que havia acontecido com ele. Quando retornou a seu tempo, da primeira vez, lembrava-se de ter sentido o mesmo mal-estar da noite anterior. Se tudo ocorresse conforme ele esperava, já deveria ter voltado.

Recapitulou e comparou ambas as situações, passo a passo. O momento da chegada à Praça do Patriarca e ao Largo São Francisco, o ardor da cicatriz, a troca de roupas. Até mesmo a duração. Calculou que o tempo durante o qual estivera no passado até o momento da tontura havia sido igual nas duas oportunidades.

"O que fiz de errado?"

Afonsinho foi até o Largo, depois cruzou os arcos novamente e se dirigiu à escadaria onde dormira. Ficou pensando em tudo, quando, de repente, o homem que o interpelara na noite anterior o chamou.

– Você está bem? Ontem eu achei você muito estranho. Tome, coma isto aqui, você deve estar com fome.

Afonsinho aceitou o pedaço de pão oferecido.

– Obrigado!

– Cuidado! Evite repetir aquilo, certo? Pode ser perigoso. Alguém pode achar que você é um traidor. Sorte que é somente um garoto...

– Só falei a verdade. Você viu para onde ele foi?

– O soldado de ontem? Não sei, mas espero que ele não faça nenhuma besteira.

Dizendo isso, o homem foi embora e Afonsinho voltou a comer o pão. Ficou pensando se seu plano funcionara. Teria Guilherme voltado e perguntado para a esposa sobre a gravidez e desistido da guerra?

Então, como se algo tivesse acendido em sua cabeça, largou o pedaço de pão e disse:

– É isso! Eu sei por que ainda estou aqui.

Capítulo 19

UM ENCONTRO INESPERADO

Afonsinho não conseguia achar nenhuma outra razão, então, sua conclusão lhe parecia a mais plausível.

"Interferi no passado. Se não tivesse contado nada ao pai do Dr. Valadão, talvez eu tivesse voltado ao meu tempo".

Quando estivera presente no dia dos assassinatos do MMDC, fora somente espectador. Naquele momento, ele estava amedrontado e desconhecia os fatos. Porém, agora, não só havia se esforçado para voltar ao passado como pretendera mudá-lo.

"Ele desistiu de lutar? Ficou com a família?"

Afonsinho poderia estar preso em 1932 para sempre! Tremeu ao pensar nisso.

"E agora, o que vou fazer?"

Ele estava realmente assustado. Não conhecia ninguém nem imaginava onde poderia dormir, morar ou comer.

– Oi, vim ver você de novo. Achei você muito tristinho!

Quando Afonsinho ergueu a cabeça, viu a mulher que o acordara recentemente.

– Eu... Estou bem.

– Será? Me contaram da sua tontura – ela se sentou ao lado dele e perguntou: – Sua mãe sabe onde você está?

Afonsinho sorriu.

– Provavelmente não.

– Você saiu sem avisar? Com tanta coisa acontecendo, ela deve estar querendo receber notícias suas.

Afonsinho ficou contente em saber que alguém se importava com ele, mas aquelas perguntas poderiam lhe trazer maiores problemas. Se contasse a verdade, ela não acreditaria e, para piorar, corria o risco de tocar em assuntos que poderiam condená-lo a permanecer no passado.

– Minha família... É do interior – falou.

– E você está sozinho? – Afonsinho não respondeu, porém, a mulher julgou a resposta positiva. – Então, vem ficar comigo. Se você passar mal de novo, eu o ajudo.

Ela o levou a uma sala onde havia outras senhoras separando roupas, tecidos e equipamentos; crianças brincavam pelos cantos.

– Devemos nos preparar – disse ela. – Vamos precisar de um local para atender os soldados feridos.

– Calma! – disse uma senhora. – Essa Revolução vai acabar rápido. Meu marido me garantiu. Logo, logo vamos passar de cem mil voluntários. Tem um monte de gente importante apoiando o movimento. O poeta Guilherme de Almeida, aquela pintora famosa, a Anita Malfatti, e até o escritor Monteiro Lobato. Minha filha adora os livros dele.

– Tomara! Mas nunca vi uma guerra acabar rápido. A gente sempre sabe como começa, nunca como termina. Tenho medo – respondeu a mulher. – É melhor estarmos prontos.

– Posso ajudar? – perguntou Afonsinho tentando dobrar uma calça. Sua mãe iria achar aquilo muito estranho, pois ele raramente fazia isso em sua casa.

– Antes, preciso ensiná-lo a fazer tudo direitinho – riu a mulher.

As notícias deixavam Afonsinho cada vez mais alarmado. Jovens lutando, possibilidade de bombardeio sobre a cidade, doenças, fome e outras tragédias. Gostaria de encontrar um jeito de impedir tudo aquilo.

Agora, ele vivenciava as situações, sentia na pele o medo, o frio, a fome e a incerteza, diferentemente do momento em que escutou os relatos de Dona Dalva. Enquanto dobrava as roupas, lembrou-se muito bem daquele dia, de Aline e, de tanto pensar, chegou a uma conclusão:

"Por que não pensei nisso antes? Se o Guilherme se encontra por ali, é óbvio que Dona Dalva também. Deve ser bem moça. Ela trabalhou como enfermeira na Revolução, então, será..."

Incrédulo, olhou para a mulher que o ajudava e pensou em algo surpreendente.

Capítulo 20

O BOLSO DO CORAÇÃO

Os dias transcorreram rapidamente. São Paulo se mobilizou para a Revolução. As aulas foram suspensas e o transporte público sofreu sérios problemas. A energia elétrica, que ainda estava sendo implantada na cidade, foi prejudicada. Porém, outras instituições ampliaram bastante sua jornada e atividades: os hospitais, por exemplo. As mulheres nunca haviam participado com tanta intensidade em algo parecido. Atuavam como enfermeiras, na arrecadação de recursos e também confeccionando os uniformes dos soldados.

São Paulo combatia solitário contra as tropas federais, muito mais numerosas e equipadas. Getúlio, através de seus interlocutores, disseminava pelo país a informação de que os constitucionalistas pretendiam se separar do país e destruir as medidas implantadas em benefício da população. Assim, conquistou voluntários por todo o Nordeste, vítima de uma grande seca, para virem lutar contra os soldados paulistas.

Afonsinho vivenciava tudo aquilo de forma intensa. Acabou indo ajudar na Casa do Soldado. Esses lugares se espalhavam pela cidade e eram pontos onde os jovens alistados aguardavam o momento de ir à luta. Ali, a mulher que o acolhera e as demais forneciam alimentação aos rapazes. Os homens também se divertiam e buscavam informações sobre a situação da Revolução. O rádio permanecia sendo um grande aliado.

Afonsinho fizera bons amigos. Sempre lamentava quando algum grupo ia embora, intuía que jamais os veria novamente e ficava triste. Certa vez, um soldado que partia, vendo o garoto tão triste, conversou com ele rapidamente.

– Calma, garoto. A gente vai vencer a Revolução.

Embora sentisse vontade de dizer a verdade, Afonsinho sempre se mantinha em silêncio. Achava que deveria respeitar a motivação de tantas pessoas. Talvez, se interferisse mais na história, acabaria criando problemas insolúveis.

– É que eu estou cansado de ficar aqui... Queria... Voltar para casa – aquela tinha sido a primeira vez que ele confessava a alguém como realmente se sentia.

– Eu também – riu o soldado. – Mas para tudo tem hora. Olha, vou lhe dar um presente. – Ele, então, retirou um colar do pescoço e o entregou para o garoto. – Isto aqui é uma bala de espingarda, usada. Eu queria guardar como lembrança destes tempos, mas, depois eu faço outra. Esta é sua, para você sempre se recordar de mim.

Afonsinho colocou o colar no pescoço e prometeu que nunca mais iria tirá-lo. Foi até a rua e observou seu amigo, o soldado Juarez, partir para o combate.

E os dias continuaram a passar. Normalmente chegava alguma novidade. A Legião Negra, formada somente por soldados negros, havia se formado e lutava em diferentes partes do estado. Grupos de indígenas adotaram a causa e se mobilizaram durante a Revolução. A indiferença aos fatos era impossível.

Sentia muita saudade de sua época. Sempre se perguntava quanto tempo teria se passado desde aquele fatídico feriado. Sua mãe deveria considerá-lo desaparecido. Afonsinho se arrependia de ter saído sem avisar. Se pelo menos tivesse deixado um recado com Osmar, talvez ele tentasse encontrar uma pista, conseguir ajuda...

Mesmo preocupado, Afonsinho ignorava a passagem dos dias. Vez ou outra ainda sofria alguma tontura, como se saísse do ar por alguns momentos. Essa situação acabou lhe servindo de álibi; uma razão para não se lembrar de sua vida. Quando alguém lhe perguntava alguma coisa embaraçosa, que pudesse revelar algo inadequado, ele fingia esquecimento, absoluta falta de memória, e as pessoas acabavam desistindo de prosseguir com outros questionamentos. Lamentou, inclusive, desconhecer a maioria das coisas daquele período dos anos 1930. Se tivesse se interessado um pouco além do normal, teria vantagem para sobreviver a tantos dias difíceis. Por outro lado, se detivesse tanto conhecimento, poderia acabar se revelando facilmente.

Aquela boa senhora acabou, praticamente, o adotando. Seu nome era Teresa e vivia com o esposo, conhecido como Major, em um bonito casarão nos Campos Elíseos. Sem filhos, não hesitou em levar Afonsinho para viver com eles. A casa estava praticamente deserta, pois o marido também seguira à batalha. Ela e Afonsinho pouco permaneciam na mansão.

O garoto teve a ilusão de que ela poderia ser Dona Dalva no passado, porém, Teresa era muito mais velha do que a mãe do Dr. Valadão poderia ser em 1932. Aquilo havia se tornado ideia fixa: encontrar a senhora. Afonsinho já tentara localizá-la em todos os lugares imaginados; sem sucesso.

A vida de Teresa e Afonsinho se resumia à Casa do Soldado. Diariamente as senhoras se revezavam na chefia dos serviços. Consideravam aquela uma forma de democratizar as atividades; assim, na falta de alguém, os trabalhos prosseguiriam normalmente. A todo instante chegavam jovens de outras cidades sem lugar para ficar. Ali na Casa do Soldado encontravam o pouso adequado até o momento certo.

A falta de dinheiro estava sendo substituída pelo trabalho do povo. Sem os voluntários, a capital estaria o caos. Infelizmente, Teresa sempre esteve certa: o fim da guerra permanecia uma incógnita. Os hospitais se enchiam de feridos e os relatos eram bastante tristes.

O armamento já teria terminado caso as indústrias paulistas não estivessem colaborando. Nas linhas de produção se fabricavam as armas e munições utilizadas nas lutas. Os alunos da Escola Politécnica construíram, inclusive, tanques de guerra. O Porto de Santos fora cercado pelas tropas federais, que impediam a chegada de qualquer suprimento ao estado de São Paulo.

Na Casa do Soldado havia muitas crianças. As mães acabavam levando seus filhos e eles se encantavam com as narrativas dos homens. De vez em quando, elas faziam desfiles e discursos na rua, nos quais afirmavam: "Se necessário, também iremos".

Afonsinho ajudou a distribuir folhetos. As pessoas achavam estranho um garoto desmemoriado conhecer tão bem o Centro. Na primeira vez, precisou redescobrir vários caminhos, pois as ruas, estavam diferentes em relação à época dele.

Pelas ruas, lojas muito bonitas, casarões e palacetes. Aprendeu a desviar dos poucos bondes disponíveis e, sempre que possível, dava um jeito de pegá-los como carona. Tudo tão diferente: dinheiro, comida, roupas e até o jeito de falar. Vez ou outra, precisava explicar alguma gíria que deixara escapar. Isso apenas ressaltava o fato de que ele realmente não pertencia àquele lugar. As notícias raramente eram boas, entretanto, as pessoas continuavam trabalhando, cuidando e desejando a vitória de São Paulo.

E, naqueles dias tão intensos, Afonsinho nunca aprendera tanto sobre a dedicação e o amor. Afeiçoara-se muito à Teresa e torcia para que o marido dela voltasse em segurança. A mulher recebera uma única carta dele e a mantinha permanentemente com ela. Uma vez a mostrou para Afonsinho. Eram poucas as palavras e chamava atenção um carimbo no papel.

– Por que isso? – perguntou Afonsinho, interessado.

– É censura. Eles abrem e olham todas as cartas antes de mandarem pra gente.

– Nossa! Mas isso é errado! – reclamou Afonsinho.

– Os comandantes têm medo de que, se as cartas forem interceptadas, os inimigos poderão descobrir onde nossas tropas estão. Se o soldado se distrair e escrever alguma coisa perigosa, a censura dá um jeito, apaga, destrói. É para a segurança de todos nós.

– Então, a senhora não sabe onde o seu marido está?

– Está aqui, do lado do coração – disse ela. – Está vendo? Costurei esse bolsinho do lado esquerdo do meu uniforme e guardo aqui a cartinha dele.

Afonsinho achou aquilo bonito, mas, em breve, veria coisas tão tristes que o fariam desejar sumir daquele tempo para sempre.

Capítulo 21

SANTA CASA DE MISERICÓRDIA

Especulavam que os voluntários chegariam a cem mil, porém, em poucos dias, o número atingiu o total de duzentos mil. Entretanto, não havia armas suficientes, gerando um grande problema. Aquela situação era extremamente perigosa, pois sem armamento e munição adequados, o grupo poderia sofrer grandes baixas. O inimigo precisava ser enganado, acreditar que eles não estavam desprotegidos. Assim, acabaram se utilizando de um equipamento bastante original: a matraca, uma geringonça que, ao ser girada com uma manivela, simulava o barulho de uma metralhadora. A quantidade de "tiros" dependeria da velocidade com que fosse acionada. Jamais causaria qualquer morte, mas, certamente, provocaria algum receio nos batalhões adversários.

As baixas da Revolução seguiam intensas. Um dos pontos mais protegidos pelos paulistas era o do Túnel da Mantiqueira, importante ligação entre São Paulo e

Minas Gerais. As tropas consideravam seu controle fundamental a fim de vencer as batalhas contra os inimigos.

Na Casa do Soldado percebia-se imediatamente quando alguma tragédia atingia uma das voluntárias. As pessoas ficavam tristes, lentas, como se estivessem procurando o melhor momento de dar a notícia.

E, naquela manhã, a Casa estava com um clima esquisito. Afonsinho já notara coisas em excesso caindo pelo chão e mulheres chorando pelos cantos, escondidas. Todas sabiam dos fatos, exceto a destinatária da má notícia. O garoto principiou a observá-las e, para sua tristeza, notou que a única pessoa agindo normalmente era Teresa.

Ele tentou encontrar outra senhora alheia ao ambiente, mas somente ela se ocupava em verificar se os preparos estavam em ordem e se a comida ficaria pronta no horário certo.

Assim, não foi surpresa quando as voluntárias começaram a cercá-la sutilmente. Então, a expressão de Teresa, aos poucos, se alterou. Logo percebeu a situação, pois ela mesma já estivera do outro lado. Alguma coisa teria acontecido ao Major. Levou as mãos ao rosto e chorou. Rapidamente as amigas lhe abraçaram e lhe contaram o sucedido.

– Ontem, no fim da tarde – disse uma delas. – Os vermelhinhos atacaram.

Os soldados já tinham informado para Afonsinho que os vermelhinhos eram os temidos aviões das forças federais. Ao atacar as tropas paulistas, provocavam muitas mortes e destruição.

– E ele, o meu Major, está...? – perguntou Teresa alarmada.

– Não morreu, perdeu muito sangue... – prosseguiu outra. – Levaram-no para a Santa Casa...

A mulher disse que alguém iria acompanhá-la até o hospital, mas Teresa rapidamente retirou o avental e pôs-se a caminho para encontrar o marido. No meio da rua, parecia perdida, procurando um jeito de chegar até lá. De repente, um soldado estacionou um carro e ela subiu. Afonsinho conseguiu alcançá-los e colocou-se no banco de trás ao lado de uma voluntária acompanhante. Embora nunca tivesse conversado com o Major, guardava afeto por ele. A presença do homem estava por todos os cantos do casarão. Tinha-se a impressão de que surgiria a qualquer momento segurando seu cachimbo ou contando alguma história dos tempos de sua juventude.

Quando o carro parou diante da imponente construção da Santa Casa, Teresa disparou à procura do Major. Impressionava o incessante movimento; pessoas feridas por todos os cantos. Alguns pareciam simplesmente descansar, embora pudessem estar totalmente desacordados. Junto aos jovens rapazes, com curativos nos braços, pernas ou cabeça, sempre havia algum familiar. Estampado no rosto dos parentes estava o alívio por ainda ter vivo o seu ente querido. Tudo se transformara em espaço para receber os doentes. Frágeis divisórias separavam uma cama da outra.

Um médico interrompeu os rápidos passos de Teresa e da voluntária. Ele, por acaso, era amigo do Major e conduziu Teresa até o leito. Afonsinho permaneceu distante, observando em silêncio. Viu quando as mulheres entraram numa das divisórias e não saíram mais.

Ninguém permitiu ao garoto se aproximar daquela ala; local onde se encontravam os feridos mais graves: os mutilados, feridos por disparos ou vítimas de acidentes. Afonsinho procurou um lugar em que pudesse ficar, mas que também lhe permitisse uma visão de onde Teresa se encontrava. Assim permaneceu por algumas horas, até que, finalmente, dormiu.

Ao despertar, havia perdido a noção das horas. Ao seu lado, percebeu uma jovem enfermeira, que lhe ofereceu um copo de leite.

– Você dormiu por um bom tempo – disse ela. – Deve estar bem cansado.

– Um pouco. Estou esperando pela Teresa. Você sabe se o marido dela melhorou?

– Uma pena. Sei que eles são pessoas muito boas. Os médicos estão fazendo o possível, tenho certeza.

Subitamente, Teresa deixou o reservado; porém, chorava bastante e a voluntária a amparava. O médico saiu em seguida e fechou a pequena cortina do reservado. A enfermeira desapareceu por um corredor e Afonsinho ficou novamente sozinho, olhando as mulheres caminharem em sua direção, torcendo para que recebesse uma notícia diferente da inevitável.

Capítulo 22

VÃO-SE OS ANÉIS...

Fazia uma semana que o major falecera, mas parecia ter sido apenas no dia anterior. Teresa se fechou no palacete e chorou bastante nos primeiros dias. Apenas Afonsinho e os empregados acompanharam de perto o sofrimento. Ela não comia e ficava trancada no quarto. O garoto também sofria naquele ambiente. No dia do enterro, ela permaneceu controlada, colocou rosas sobre o caixão e escutou placidamente todas as homenagens. Havia soldados, todos uniformizados, e o caixão estava coberto com a bandeira de São Paulo. Tudo muito triste.

Nos dias seguintes, a aparente calma de Teresa se foi. Algumas amigas da Casa do Soldado foram visitá-la. Solicitou que lhes fosse servido um chá, porém, desistiu de acompanhá-las.

— Eles se amavam tanto! — disse uma das senhoras segurando uma xícara de chá.

– Sim – respondeu a outra. – Eu nunca os vi sozinhos. Quanto sofrimento, pobrezinha.

Aquilo era mesmo verdade. Afonsinho escutara várias histórias de como eles se conheceram: amor à primeira vista, viagens e festas no palacete. Tiveram um único filho, entretanto ele morrera ainda bebê. Um apoiou o outro na tristeza. Aos poucos, ambos começaram a ajudar orfanatos e a se interessar por crianças abandonadas. Em razão disso, ganharam o respeito de toda a sociedade.

Afonsinho ficou pensando na vida. Não queria deixá-la sozinha no casarão. Sentia falta da rotina na Casa do Soldado, pois lá era o melhor lugar para se saber da Revolução. Os empregados, Pedro e Judite, sempre traziam notícias, apenas boatos das ruas. Lá na Casa, ele escutava os fatos vivos, frescos. Permanecer parado também o deixava meio maluco. Só pensava em sua família. Descobriu que compreendia perfeitamente o sentimento de Teresa, pois, de alguma maneira, também parecia estar condenado a nunca mais ver as pessoas amadas.

E foi assim, nessa falta de perspectiva que, numa manhã, todos foram surpreendidos com Teresa uniformizada e pronta para tomar café.

– O que estão esperando? Tem muita coisa a ser feita.

Os empregados ficaram contentes, pois eles também atuavam na Revolução. Pedro auxiliava na construção de armamentos na Escola Politécnica e Judite passava os dias costurando. Voltaram ao palacete apenas quando souberam do ocorrido e não desejavam deixar a senhora desamparada. Agora, ela retornava à ativa. Seu semblante estava abatido, entretanto, a atitude havia voltado.

– O major nunca ia querer me ver triste, tenho certeza absoluta disso! – disse ela.

Ela e Afonsinho foram recebidos alegremente na Casa do Soldado. Teresa trabalhou em silêncio o dia inteiro. Afonsinho ganhou uma tarefa: colar novos cartazes pela cidade.

Os arranha-céus ainda não existiam, exceto o Edifício Martinelli, o primeiro do tipo em São Paulo e que ainda estaria em pé na época do garoto. Afonsinho sempre se surpreendia ao encontrar um belo sobrado, todo decorado, no lugar a ser ocupado por um prédio gigantesco. Mesmo as construções sobreviventes ao tempo seriam modificadas, deixando para trás a aparência dos anos 1930. O triângulo era exatamente do jeito descrito por Dona Dalva. As confeitarias pareciam mais requintadas do que os restaurantes futuros. As pessoas se vestiam elegantemente e uma garoa fina frequentemente fazia parte da paisagem.

Afonsinho começaria a colar os cartazes. Ele conhecia o que mostrava o soldado apontando o dedo e convocando voluntários. Logo apareceu a versão feminina, com uma enfermeira na mesma posição: "Paulista! Eu já cumpri o meu dever. E você? MMDC".

O movimento MMDC permanecia muito ativo e comandava diversas ações pelo estado. Afonsinho se recordava claramente do sorriso de Dráusio e lamentava sua morte prematura.

Quando ele desenrolou o primeiro cartaz novo, ficou impressionado. Era familiar. Sentiu uma leve tontura, somente isso, nada intenso, mas, ao ler o conteúdo, levou um susto.

A figura mostrava uma mão segurando um anel de ouro prestes a ser colocado em um prato cheio de joias. Uma aliança, certamente. O texto dizia: "... Para o bem de São Paulo."

"Então, é isso", pensou ele.

Ele mal podia acreditar, por suas próprias mãos, ele participava do início de um dos movimentos mais famosos do Brasil. Estava surpreso e até emocionado.

A campanha OURO PARA O BEM DE SÃO PAULO havia acabado de começar.

Capítulo 23

DUAS ALIANÇAS

Quando Afonsinho colou o primeiro cartaz da campanha do ouro, não poderia imaginar a gravidade por trás de tudo aquilo. São Paulo fora sitiado por todos os lados. Cercaram o porto de Santos e atacavam o estado de norte a sul. As cidades do interior enfrentavam sérios combates e sofriam muitas baixas.

Diante disso, a Associação Comercial de São Paulo criou a Comissão Executiva da Campanha do Ouro, que pretendia estimular a população a doar valores, joias e objetos de ouro para financiar os esforços dos soldados e de toda a Revolução.

E foi um sucesso. As pessoas recebiam diplomas em troca de suas peças de ouro. Foram doadas obras de arte e dinheiro, inclusive. Todos desejavam a vitória paulista. Também criaram anéis, de acordo com a profissão, que poderiam ser comprados. Cada um deles trazia gravado o símbolo referente à atividade profissional do comprador. Afonsinho, certa vez, observou um senhor usando seu novo anel de advogado, de metal, ilustrado com uma balança gravada num fundo vermelho, ladeada pelo ano: 1932. O garoto imaginou que o Dr. Valadão certamente teria doado o próprio anel de formatura em troca de um daqueles.

Havia algo ainda mais especial acontecendo e aquela parte da história Afonsinho conhecia: a população doava suas alianças de ouro para a campanha. Em troca, recebiam um anel idêntico ao de Dona Dalva. Ele já havia se acostumado a ver mulheres, principalmente, usando o anel prateado com a frase: "Dei ouro para o bem de São Paulo – 1932".

Aquilo lembrava Afonsinho de sua cicatriz. Há quanto tempo não a examinava, nem sequer se recordava que ela existia, pois ela não mais o incomodava. Ao iniciar os trabalhos na Casa do Soldado, caminhava por todos os lugares, na esperança de sentir alguma coisa, porém, nada acontecia. Foi aos poucos desistindo e aceitou a ideia de viver no passado.

A vida estava complicada, mas, pelo menos, conhecera Teresa, que o tratava como um filho. Ele nutria muito carinho por ela e, agora viúva, Afonsinho imaginava que ja mais poderia deixá-la, caso contrário, ela viveria praticamente sozinha. Talvez, ao final da Revolução, ele conseguisse estudar, se formar. Até riu imaginando que envelheceria e acabaria encontrando Osmar ainda jovem. O amigo iria reconhecê-lo? Também pensava em Aline, desejava ter tido mais tempo para conhecê-la. Quem sabe não teriam sido namorados.

Havia muitas incertezas, dúvidas. Ele acabou se apegando ao real. Tudo em que se envolvia poderia ajudar a salvar vidas: distribuir folhetos, servir comida e até meramente escutar alguma história na Casa do Soldado.

A Campanha do Ouro era um sucesso. Na velha Praça do Patriarca colocaram uma gigantesca urna, protegida por um bandeirante ladeado pela inscrição "Ouro é Victoria". Ele achava engraçado observar como se escreviam as palavras naquela época: victoria, dictadura. Teresa lhe explicou sobre os bandeirantes, que desbravaram o interior ampliando as fronteiras do Brasil. Foram o símbolo adotado pelos paulistas para prosseguir em sua luta pela liberdade, pela Constituição.

– Afonsinho, preciso de sua ajuda – falou Teresa ao ver o garoto retornando de uma de suas incursões pela rua.

– O que a senhora quiser – disse ele.

– Apenas me acompanhe – pediu ela.

Saíram pelas ruas e Afonsinho a acompanhou, sempre de mãos dadas. Pararam diante de um bar e Teresa falou.

– Eu vinha muito com o Major aqui. Era o restaurante favorito dele.

Em seguida, prosseguiram e ela mostrou onde o homem gostava de comprar fumo, as ruas favoritas para dirigir seu carro e até as lojas nas quais havia adquirido algo bonito.

– A senhora e o Major se divertiam bastante – comentou Afonsinho.

– Sim, meu querido, tivemos uma vida boa. Sinto muita saudade dele – ela secou os olhos por um instante. – Tinha outra coisa que ele valorizava intensamente.

– O quê?

– Fazer as pessoas felizes. Também penso assim. Auxiliar alguém é algo forte dentro de mim, mas, desta vez, estou prestes a fazer uma coisa... Está realmente me faltando a coragem.

– Fale. Se puder ajudar...

– Você não pode, meu menino – disse ela. – Somente eu... Faz tão pouco tempo...

Ela estendeu a mão e ele reparou que ela usava as duas alianças, a dela e a do Major no mesmo dedo, juntas.

– Nunca vi uma pessoa usar duas alianças – falou Afonsinho.

– É comum – sorriu ela. – Quando alguém que a gente ama muito se vai, é gostoso guardar uma lembrança. A aliança do Major tem me dado forças para continuar...

– A senhora vai doar? – perguntou Afonsinho entendendo que eles já se encaminhavam a um dos postos de arrecadação da Associação Comercial.

– Sim, vou. Não sei como vou me sentir quando tirá-las do meu dedo. Lembro do dia do nosso casamento... – ela voltou a se emocionar. – Vamos, essa é a melhor decisão. O ouro desses anéis poderá salvar muitas vidas!

Decidida, a mulher pegou na mão de Afonsinho e caminharam ao posto de doação. Entretanto, distraída, uma jovem saía do prédio e, sem querer, esbarrou em Teresa.

– Desculpe! – disse ela. – Estava guardando meu certificado na bolsa e... – Afonsinho teve um calafrio. Aquela voz lhe era familiar, já a tinha escutado. Examinou a moça, que sorriu. – Ei, esqueceu de mim? Te dei um copo de leite no hospital. – Então, ela olhou Teresa e comentou. – Eu trabalhava lá no dia... Lamento a sua perda.

Teresa agradeceu a gentileza, mas, imediatamente, notou que algo acontecia com Afonsinho. A mão dele havia ficado fria.

– Você está passando bem? – perguntou ela.

– Me deu uma tontura, de repente.

– Vou te ajudar – falou a jovem se abaixando em direção a ele.

Afonsinho então, teve um *déjà vu*. A moça se abaixando para segurá-lo lhe trouxe à memória o dia de sua queda na rua. Percebeu que estavam próximos de onde seria construído o prédio OURO PARA O BEM DE SÃO PAULO. Aliás, poderiam se encontrar praticamente no mesmo local do edifício no futuro. Muitas imagens se formaram na sua cabeça. A jovem tocou nele, queria verificar a existência de febre. Afonsinho ergueu a cabeça e disse:

– É você!

Pegou então na mão dela e viu o anel prateado. Ele estava diante de Dona Dalva, jovem. Ela procurou acomodá-lo melhor, porém, ao puxá-lo, o anel fez um pequeno risco na pele de Afonsinho.

Então, o garoto viu tudo se apagar e não conseguiu mais dizer uma única palavra.

Capítulo 24

O QUE FOI QUE EU FIZ?

— Afonsinho, acorda, chegamos! – O garoto deu um pulo assustando Ruth, que o chamava. – Você dormiu o trajeto inteiro, hora de descer.

– Dormir? Onde estou? – perguntou ele totalmente confuso. Levou um susto quando viu sua vizinha, parecia que não a via há décadas.

– Na Praça da Sé – respondeu ela. Afonsinho olhou pela janela: pessoas apressadas, carros modernos, camelôs. Suas roupas voltaram ao normal.

Ele havia retornado!

"Como?", pensou ele.

Afonsinho olhou um dos relógios da praça e percebeu que faltavam apenas dez minutos para o início do horário de trabalho. Saltou do ônibus e disparou na direção do prédio, ainda transtornado. Ruth ficou para trás, alarmada.

— Nossa! Quanta pressa! — disse Beatriz ao vê-lo atravessando a porta apressadamente.

— Só preciso saber se está tudo no lugar — respondeu Afonsinho.

— Ficou maluco? — falou a secretária. — A gente só não trabalhou ontem... Está tudo certo por aqui.

— Que dia foi ontem?

— Feriado, menino! Eu, hein! Você está estranho.

Afonsinho não recordava de nada ocorrido no dia anterior, ou melhor, ele sabia somente dos fatos de 1932. Em sua cabeça, eram frescas a memória de toda a vivência com Teresa, dos esforços da Revolução. Ainda podia sentir o cheiro de pólvora e de ferrugem velha das armas. De repente, porém, sentiu-se feliz por estar de volta ao velho OURO PARA O BEM DE SÃO PAULO, que, agora, valorizava como nunca.

Ruth entrou no escritório, conversou brevemente com Beatriz e seguiu para o seu andar.

— Afonsinho, vem cá, hoje tem muito trabalho — pediu Jaime, com a mesa cheia de pastas para serem arquivadas. — Feriado é bom, mas atrapalha bastante.

O garoto entrou na sala do Dr. Valadão e recebeu as tarefas, ainda incrédulo, sem entender o que tinha se passado. Qual seria a sua realidade, afinal de contas?

De repente, algo lhe chamou a atenção: o retrato do pai do Dr. Valadão. Ao vê-lo, lembrou-se de Guilherme e que nunca tivera outra notícia dele enquanto vivera no passado. Observou a imagem novamente e reparou que, ao lado dele, havia algo diferente: outro porta-retrato, com um bilhete escrito à mão.

— O que é aquilo? — perguntou ele ao estagiário.

– Oras, isso sempre esteve aí! – respondeu Jaime.

– Tem certeza? Nunca reparei antes e já entrei aqui dezenas de vezes. Outro dia mesmo o Dr. Valadão me contou...

– O que foi que eu contei? – perguntou o advogado entrando em sua sala. – Bom dia!

– Falava pro Jaime que o senhor me contou a história do retrato, mas eu não tinha reparado nesse outro.

– Oras, lhe contei tudinho, até li a mensagem. É um bilhete que o meu pai deixou pra mim.

– O senhor me falou que ele nem sabia que sua mãe estava grávida quando foi para a Revolução – afirmou Afonsinho.

Dr. Valadão trocou um olhar de estranhamento com o estagiário.

– Você está fraco de memória – riu Jaime.

– Posso ver? – pediu Afonsinho.

– Pode – permitiu o Dr. Valadão.

Afonsinho pegou o porta-retrato e viu que o bilhete estava bastante amarelado. A letra ainda era legível, entretanto, começava a sumir em algumas partes. Ele dizia: "Meu amado filho ou filha. Hoje, descobri que você vai nascer. Fiquei muito contente. Não te conheço, mas já te amo. No futuro, vou poder te contar uma história sobre justiça. Seu pai foi voluntário de uma causa importante. Agora, tenho duas boas razões para voltar da Revolução: você e sua mãe. Beijo".

O garoto tremia. Os homens perceberam e chamaram Beatriz. Ela trouxe um copo com água e açúcar e disse:

– Achei ele meio esquisito...

– Só queria fazer uma pergunta – falou Afonsinho se recuperando rapidamente. – Dr. Valadão, ele retornou?

O homem estranhou aquela pergunta, pareceu-lhe que o garoto já deveria conhecer a resposta. De qualquer forma, buscou na memória a lembrança do pai e disse, de maneira carinhosa.

– Eu já te expliquei, lembra? Meu pai, Guilherme, morreu na Revolução. Ele escreveu esse bilhete no mesmo dia em que se alistou. Nem minha mãe sabe explicar direito o que aconteceu, pois eles nunca mais conseguiram se falar depois daquele dia... ninguém sabe o porquê, mas, pouco depois do alistamento, ele surgiu em casa, de repente, para conversar com minha mãe. – Dr. Valadão respirou fundo e prosseguiu: – Ela até ficou contente, pois pensou que ele não precisaria ir, tinha desistido, mas não... O que ele perguntou a fez chorar muito. Ele queria saber se ela estava grávida. Quando ela confirmou, ele apenas prometeu que iria retornar... Mas, bem, isso nunca aconteceu. E você, está bem, garoto?

– Sim, estou, só vou no banheiro...

Afonsinho precisava colocar as ideias em ordem. Recapitulou tudo. Tinha certeza de haver ficado fora de casa durante dois meses, pelo menos. Lembrava-se de ter chegado ao passado em nove de julho e ficado até o fim de agosto. Recordou-se das reuniões, da Faculdade de Direito, do hospital, da rotina na Casa do Soldado, de Teresa...

Então, havia funcionado. Guilherme ficou sabendo da gravidez e escreveu o bilhete. Se ele tivesse desistido da guerra, talvez o futuro se modificasse bastante, mas não, ele cumprira seu dever. Por isso, Afonsinho conseguiu retornar. Seu esforço valera a pena. A curta mensagem tinha sido uma boa companheira por toda a vida do Dr. Valadão. Certamente não se sentia mais tão abandonado pelo pai.

Porém, como é que ele fora parar dentro daquele ônibus? Se, em sua época, só se passara um único dia, o que ele ficou fazendo naquele dia nove de julho?

Só existia um jeito de descobrir, provavelmente o mais estranho do mundo: ligar para casa. O que sua mãe iria pensar quando atendesse o telefone e escutasse a seguinte pergunta:

– Mãe, o que eu fiz ontem?

Capítulo 25

SEMPRE NA MEMÓRIA

A mãe de Afonsinho, na verdade, não estranhou a pergunta do filho, pois o garoto pareceu-lhe desligado durante todo o feriado.

– Você dormiu o dia inteiro, meu filho. Nem almoçou.

– Só isso? Tem certeza?

A mulher rapidamente perdeu a paciência.

– Menino, tenho de trabalhar, e você também!

– Eu não fiz nada de diferente, mesmo?

– Saiu de manhã e voltou bem cansado, só isso.

– Então, eu saí de casa ontem?

– Sim.

Antes de desligar o telefone, pois Beatriz o encarava, Afonsinho disse:

– Mãe, gosto muito da senhora e... Senti sua falta.

A mulher ficou sem compreender aquilo e Afonsinho retornou ao seu trabalho no escritório. Não havia sido um sonho, afinal. Ele realmente havia interferido no passado. Talvez porque tivesse ficado um período maior em 1932, mais horas teriam transcorrido em sua época real.

Mas como ele conseguira voltar? Por tanto tempo ele havia tentado fazer isso e, no fim das contas, acabou acontecendo tudo de maneira inesperada.

– Se prepara, garoto – avisou o Dr. Valadão. – Minha mãe quer te levar para almoçar novamente.

Afonsinho gostou do convite e voltou a se recordar do passado. Acompanhava Teresa quando a jovem Dalva apareceu. Lembrava-se de ter ficado impressionado com o anel e de que ele havia tocado em sua pele.

"Eu e o anel... Pertencemos ao mesmo tempo. Ele me trouxe de volta. Só pode ser isso."

Foi essa sua conclusão. Tanto ele quanto Dona Dalva e o anel se encontrariam no futuro; assim, aquela era a chave para o seu retorno.

Satisfeito com a explicação, embora ainda impressionado, tratou de colocar o serviço em ordem e fazer as entregas devidas. Caminhou até o local em que estaria a sua Casa do Soldado, mas, claro, inexistia qualquer vestígio dela.

Afonsinho fez entregas em praticamente todos os lugares determinados. Acabou caminhando por todos os pontos principais da Revolução Constitucionalista e a cicatriz não ardeu. Ele resolveu dar uma conferida em seu braço.

– Sumiu! – exclamou assustado.

Parou na rua, olhou e revirou todo o braço; ela simplesmente tinha desaparecido. Era o fim, o elo com o passado terminara. Voltou ao escritório, melancólico, e foi recebido por Dona Dalva e Aline.

– Meu querido, coisa boa rever você!

Ele estava louco de vontade de contar suas histórias, porém, apenas afirmou:

– Também senti muita saudade.

Cumprimentou a garota, contente por revê-la.

– Vamos almoçar! – disse Dona Dalva. – Estou faminta. – Afonsinho deixou com Beatriz todos os comprovantes de suas atividades e seguiu para a rua. Acabaram indo ao mesmo restaurante da vez anterior.
– Sabe, esta noite eu não dormi quase nada.

– Culpa sua – falou Aline.

– Como é? – perguntou ele.

– Conta pra ele, vovó.

– Ela está brincando, mas, acho que tem sim um pouco de verdade nisso. Sonhei com você a noite inteira.

– Nossa, foi um pesadelo? – riu Afonsinho.

– Somente um sonho estranho – sorriu ela. – A gente estava em outro tempo, conversando.

Afonsinho respirou fundo e decidiu que não conseguiria mais guardar aquilo tudo. Resolveu contar a história inteira. Desde o momento da queda, da cicatriz, da primeira ida ao passado. Relatou de forma agitada. Aos poucos, conseguiu se acalmar e relembrou dos fatos como se os estivesse vendo. Dona Dalva estava impressionada.

– A senhora me ofereceu um copo de leite – disse ele.

– Eu? – ela procurou encontrar alguma lembrança, mas havia ajudado várias pessoas, não se recordava de nenhuma em especial.

– Eu dormi no hospital, a senhora era jovem e me acordou. Foi no dia em que morreu o Major.

– Major? – assustou-se ela. – Nunca te falei dele...

– Morei com a Teresa no palacete.

Nesse momento a mulher precisou tomar um copo de água. Até então, ela se esforçava para acreditar que as histórias fossem imaginação ou resultado de leituras. Entretanto, muito do relatado jamais fora escrito em jornal. Ela não se lembrava de mais ninguém daquela época com quem o garoto pudesse ter se encontrado a fim de obter informações tão específicas.

– Afonsinho, impossível que você tenha morado naquela mansão. O palacete foi demolido até antes do seu nascimento!

Aline permanecia calada. Afonsinho não admitia, receoso de parecer um fraco diante dela, mas a compreendia perfeitamente quando ela dizia que a parte mais bonita das histórias da avó era a do anel. Ele se sentia romântico após ter presenciado tantos casais se separando, promessas de amor e lágrimas. Desejou que, um dia, pudesse gostar de alguém e ser tão amado quanto todas aquelas pessoas com quem conviveu. Podia ser justamente Aline, sonhava ele.

– É verdade. Lembro de tudo como se fosse dobrar a esquina e encontrar a Casa do Soldado. Sabe, queria lhe fazer uma pergunta.

– Claro. Você já me contou tanta coisa...

– O que aconteceu com a Teresa? Nem pude dizer adeus.

Dona Dalva respirou fundo, buscando na memória o assunto e disse:

– Faz mesmo bastante tempo. Estranho, nossa amizade começou exatamente no dia em que nos esbarramos na doação de nossos anéis. Saímos dali e fomos tomar um chá.

– Eu estava junto? – perguntou Afonsinho meio sem jeito.

– Não – achou graça Dona Dalva. – Mas me lembro de algo esquisito. Ela se preocupava com um garoto desaparecido. Até chorou e disse que não aguentava perder mais ninguém – ela fez uma pausa, olhou Afonsinho pretendendo fazer uma pergunta, porém prosseguiu. – Acabei lhe fazendo várias visitas, ficamos juntas por alguns anos e ela acabou se interessando pelos órfãos da Revolução. Muitas crianças ficaram sem pai, sem mãe. Ela vendeu a mansão e passou a cuidar de crianças. Depois, se mudou e nunca mais a vi. Eu tinha meus próprios problemas, um filho para criar, enfim... Só sei isso.

– Espero que ela tenha tido uma vida boa, ela merecia – disse Afonsinho.

Dona Dalva achou aquela história muito esquisita, uma grande coincidência. Nada daquilo poderia ter sido verdade, talvez o garoto tivesse conversado com seu filho, aprendido alguma história. Porém, tamanha era a empolgação de Afonsinho que ela se permitiu iludir um pouco mais e perguntou:

– Você viu meu marido lá no passado? Ele estava bem, feliz?

Ao escutar a história e perceber que a descrição do homem se igualava exatamente à do porta-retrato do Dr. Valadão, a mulher preferiu acreditar na forte imaginação do menino e que ele fazia tudo aquilo a fim de agradá-la.

A cicatriz havia desaparecido completamente. Ficava difícil provar qualquer coisa, pois diferentemente da primeira vez, nem sequer voltara suado. Ele desconfiou que Dona Dalva não acreditava em suas histórias e jamais poderia prová-las.

Mudaram o rumo da conversa, especularam sobre o futuro. Afonsinho falou de seus planos para se tornar advogado e, quem sabe, possuir um escritório idêntico ao do Dr. Valadão.

– Hora da sobremesa! – anunciou Dona Dalva levantando-se da mesa.

Aline a seguiu e Afonsinho foi logo atrás. Ao se erguer, o garoto percebeu que algo o pinicava no peito. Não poderia ter se esquecido daquilo! Enfiou a mão por baixo da camisa e, então, segurou entre os dedos o colar com a bala de espingarda que o soldado Juarez lhe dera de presente.

Era tudo verdade!

– Vem, Afonsinho, anda! – chamou-o Aline.

Afonsinho seguiu adiante, como tinha de ser. Porém, as lembranças daqueles heróis jamais seriam esquecidas.

Imagens da História

Após o período de luta relembrado pela história que você leu, alguns monumentos foram erguidos na cidade de São Paulo. No Parque do Ibirapuera há um obelisco em homenagem aos mortos da revolução. A obra, local onde estão sepultados os corpos dos estudantes Martins, Miragaia, Dráusio e Camargo (M.M.D.C.) e de outros inúmeros combatentes, é assinada pelo engenheiro alemão Ulrich Edler. O monumento está aberto para visitação e nele é possível observar diversas passagens bíblicas e cenas históricas paulistas, gravadas em mosaico. Na entrada da capela e cripta, há uma inscrição de Guilherme de Almeida: "Viveram pouco para morrer bem / morreram jovens para viver sempre". Mas como essa revolução começou?

Obelisco localizado no Parque do Ibirapuera em São Paulo (SP) em homenagem aos mortos da Revolução Constitucionalista de 1932.

Na República Velha, que durou de 1889 a 1930, houve um acordo entre os estados de São Paulo e Minas Gerais em que seus representantes se alternavam como presidentes da República. Esse acordo era conhecido como Política do Café com Leite. No entanto, em 1930 o então presidente e representante paulista Washington Luís rompeu o acordo e indicou Júlio Prestes (na época, governador de São Paulo) como seu sucessor. Com isso, o governador paulista acabou vencendo as eleições. Revoltados, os mineiros articularam com Rio Grande do Sul e Paraíba um golpe de Estado que colocou Getúlio Vargas no poder. Getúlio tinha como proposta modernizar o país, mas isso aconteceu de forma autoritária e sem eleições, por meio da deposição de governadores, por exemplo. Assim, surgiram grupos opostos ao governo e que entraram em conflito com os que apoiavam Getúlio. Em um desses combates, alguns jovens foram mortos e assim se deu o início da Revolução Constitucionalista de 1932.

Getúlio Vargas, 1930.

Os meios de comunicação ajudaram o movimento a ganhar força popular. Inúmeros cartazes foram espalhados pela cidade e se tornaram ícones da revolução. Eles traziam mensagens muito diretas e que falavam da responsabilidade dos cidadãos com a luta. Na batalha, os paulistas foram derrotados, mas politicamente foram vencedores, já que, após o conflito, o governo convocou eleições para a Assembleia Constituinte, que validou a Constituição do Brasil em 1934.

Cartaz do arquivo do Instituto Histórico e Geográfico de São Paulo (IHGSP) convocando a população para participar e apoiar a revolução.

Para financiar o combate, foi necessário criar uma campanha de arrecadação de fundos. Inspirada na versão alemã, que tinha como *slogan* "Dei ouro por ferro", os paulistas criaram a campanha "Dei ouro para o bem de São Paulo". Muitos doaram suas alianças (como a personagem da história que você acabou de ler), por não terem outras peças de ouro. Já os mais ricos doavam joias e outros artefatos de valor. Os doadores recebiam um certificado como o da foto ao lado.

Certificado de contribuição de doação de ouro para a Revolução Constitucionalista de 1932.

Já os que doaram um anel de ouro, receberam em troca um anel de metal com a frase "Dei ouro para o bem de São Paulo" gravada.
Com o fim dos combates, o valor arrecadado não utilizado foi doado à Santa Casa de Misericórdia de São Paulo, responsável por construir o edifício "Ouro para o Bem de São Paulo".

Anel recebido como recompensa pela doação de ouro para a Revolução Constitucionalista de 1932.

Cerca de 35 mil homens do lado paulista lutaram contra cerca de 100 mil soldados do governo. Foi uma luta dura e muito violenta.

Soldados nas ruas durante a Revolução Constitucionalista de 1932.

Para manter viva a história e as memórias dessa época, o Centro de Estudos José Celestino Bourroul disponibiliza para visitação e consulta um acervo com as melhores obras publicadas no Brasil sobre a Revolução Constitucionalista de 1932. Além disso, estão expostos objetos, vestuários e armas legítimas do período. É possível obter informações por meio do *site*: <www.memorial32.org.br> e diretamente no prédio, localizado na Rua Benjamin Constant, 158, 4º andar, no centro de São Paulo (SP).

Museu Memorial de 32. Centro de Estudos José Celestino Bourroul. Acervo sobre a Revolução Constitucionalista de 1932, 2016.

Manuel Filho

Eu adoro andar por lugares nos quais tenha ocorrido algum evento histórico. Lamento quando constato que muitos deles, onde vidas preciosas foram perdidas, tornaram-se meros pontos turísticos. Sempre me pergunto: Foi para isso que as pessoas lutaram? Para que outras simplesmente tirassem fotografias? Assim me senti ao percorrer os locais descritos neste livro, parte do agitado centro da cidade de São Paulo. Ao pensar no enredo desta aventura, tive em mente que gostaria de celebrar a paz e o amor a fim de evitar a repetição de momentos tão tristes em nossa história. Desde muito cedo, gosto de ler e escrever, fui um grande frequentador de bibliotecas públicas e nelas aprendi a amar a literatura, a música e o teatro. Já escrevi cerca de quarenta livros, gravei três CDs e atuei em diversos espetáculos teatrais. Recebi vários prêmios, entre eles, o Jabuti. Se você quiser me conhecer um pouquinho melhor, visite meu *site*: <www.manuelfilho.com.br>.

Daniel Araujo

Meu nome é Daniel Araujo, sou um ilustrador paulistano nascido em 1975. Desde pequeno um grande fã de literatura e desenho, há dez anos juntei as duas paixões em uma carreira de ilustrador de livros. Formado em Arquitetura, não cheguei a projetar casas ou prédios, mas gosto de juntar cores e formas às palavras de maneira a construir confortáveis moradias para as ideias. Nestes dez anos, já colaborei em mais de vinte livros, além de incontáveis didáticos, revistas e peças publicitárias. Minha técnica principal de trabalho é a aquarela, que estudo e pratico desde 2008. Além da ilustração, trabalho também com computação gráfica e animação. Em 2015 lancei meu primeiro livro como autor. Outra herança do estudo de Arquitetura foi o fascínio que tenho pelo centro de São Paulo. Foi uma enorme satisfação percorrer suas ruas carregadas de História para traçar os caminhos de Afonsinho e Dona Dalva. Como posso ter passado tantas vezes por ali e nunca ter notado o "Ouro para o Bem de São Paulo"? Não é sempre que se apresenta a chance de vermos com novos olhos os velhos cenários de todos os dias. Por isso agradeço a esta incrível História de Ouro e Sangue.

Este livro foi composto com a família tipográfica
Chaparral Pro para a Editora do Brasil em 2016.